最後にひとつだけお願いしてもよろしいでしょうか1

鳳ナナ

Nana Otori

Regina

レジーナ文庫

登場人物紹介

ジュリアス

パリスタン王国の第一王子。
成績優秀で、誰にでも優しく、
女性から絶大な人気を誇る。
けれど実は、スカーレットをからかって
遊ぶのが大好きな腹黒い性格。

レオナルド

スカーレットの兄で、
ヴァンディミオン公爵家の長子。
ジュリアスの部下でもある。
破天荒な妹と上司のせいで
胃薬が手放せない。

スカーレット

冷たくも美しい容姿から
〝氷の薔薇〟と称される公爵令嬢。
幼い頃はあまりに暴力的だったため、
〝狂犬姫〟と呼ばれていた。
第二王子カイルの婚約者だったが、
舞踏会の最中に婚約破棄される。

ゴドウィン
パリスタン王国の宰相。
様々な悪事に手を
染めているが、決定的な
証拠は掴ませない。
テレネッツァ
カイルの恋人である
男爵令嬢。
スカーレットとの婚約を
破棄するよう、
彼をそそのかした。
カイル
パリスタン王国の第二王子。
煽(おだ)てられるとすぐ調子に乗り、
都合が悪くなると裏切るおバカさん。
ナナカ
獣人族の諜報員。
性別を偽って
メイドに扮(ふん)し、
ヴァンディミオン
公爵家に潜入していた。
シグルド
騎士団長の息子。
カイルの取り巻きをしているが、
それには事情があるようで――？

目次

最後にひとつだけお願いしてもよろしいでしょうか1

第一章　最後にひとつだけお願いしてもよろしいでしょうか。

「……いま、なんとおっしゃいましたか？」

　感情を押し殺しつつ、私は目の前の男性をじっと見据えます。

　すると、夜会用の黒い燕尾服を纏い、踏ん反り返る私の婚約者――パリスタン王国第二王子、カイル・フォン・パリスタン様は、改めて声高らかに宣言されました。

「何度でも言ってやる！　スカーレット・エル・ヴァンディミオン！　いま、この瞬間をもって、貴様との婚約を破棄させてもらう！」

　明るい茶色の髪に、目鼻立ちの整った凛々しいお顔。

　お父君である国王陛下譲りの鳶色の目は鋭く、十七歳になったばかりとは思えないほどの風格を持っていらっしゃいます。

　このように容姿だけを見れば、若かりし頃の国王陛下にそっくりだと言われているカイル様ではありますが、おつむのほうは少々……いえ、目も当てられぬほどに残念なお方だと、王宮内ではもっぱら笑いの種となっている始末。

一応婚約者である私としましては、そんな悪い噂が少しでも払拭されるようにと、陰に日向にカイル様のフォローと称した尻拭いをして、あちこち駆け回ってきたわけですが。

そのような努力も虚しく、よりにもよって上位貴族の方々が集うこの舞踏会で、カイル様はとんでもないことをやらかしてくれました。

「今宵、俺の招待でこの舞踏会に集まってくれた貴族の諸君、聞いてくれ！」

豪奢なシャンデリアに煌々と照らされた、華やかな会場。その隅々まで響き渡る大きなお声に、ダンスやお話を楽しんでいた方々は何事かとこちらに視線を向けてきます。

カイル様は会場中の視線が自分に集まったことを確認したあと、傍らに立つ、幼くも愛らしい顔立ちをしたピンクブロンドの女性を、人目もはばからず抱き寄せました。

そして、バカ丸出しのドヤ顔でこうおっしゃったのです。

「俺はここにいる女性、テレネッツァ・ホプキンス男爵令嬢と新たに婚約を交わし、妻として迎え入れることを宣言する！」

バカ王子のとんでも発言に、賑やかだった会場が一瞬で静寂に包まれます。

そしてしんと静まり返る中、純白のドレスを身に纏った男爵令嬢――テレネッツァさんは、カイル様に寄り添いながら満面の笑みで言いました。

「私もここに宣言します！　カイル様の新しい婚約者となって愛を育み、末永く幸せな夫婦になってみせることを！　みなさん、どうか私達を祝福して下さいっ！」

一体なにをほざいていらっしゃるのかしら、このお二人は。

あまりの出来事に私が呆然としていると、周囲にいた貴族の方々が機を見計らったかのように、一斉に拍手を始めました。

「美男美女同士、お似合いのお二人ね！」

「お二人の輝かしい未来に幸あれ！」

口々に称賛と祝福の言葉を投げかけるみなさまのお姿に、思わず眉を顰める私。

仮にも一国の王子が、国王陛下の許可もなく勝手に婚約破棄を宣言するなど言語道断。常識のある貴族なら、なんと恥知らずな真似をしているのだと、白い目を向けてしかるべきでしょう。

ところが、いま私達の周囲を取り囲んでいる方々は、婚約破棄したその場で即座に新しい婚約を結ぶなどといった、あまりにも非常識な事態に疑問さえ持たず、それどころか祝福していらっしゃる始末。

まったくもって不可解極まりないです。

というわけで、拍手しているみなさまのお顔をさり気なく拝見してみました。

案の定といいますか。

そこにいたのは、カイル様を日頃からなにかと持ち上げていらっしゃる、第二王子派と呼ばれる貴族の方々でございました。

つまりは、ただのサクラですね。バカバカしい。

一方、アホ王子のカイル様は煽られてさらにテンションが上がったのか、テレネッツァさんの腰に手を回すと、感極まった様子で叫ばれました。

「おお、テレネッツァよ！　お前はなんと甲斐甲斐しく、可愛らしい女なのだ！　そこにいる可愛げの欠片もない、身分だけが取り柄の無表情女とは大違いだな！」

「あはっ。カイル様、〝元〟婚約者のスカーレット様を悪く言っては可哀相ですよぉ？　元とはいえ、一応国王様がお決めになった婚約者だったんですからぁ」

テレネッツァさんが嘲笑を浮かべながら、露骨な上から目線で私を見下してきます。

正式な婚約の手続きも踏んでおりませんのに、すでに婚約者気取りでございますか。

いえ、いいんですけどね。

バカ王子をもらってくれるのなら、むしろ熨斗をつけて差し上げたいぐらいですし。

そのお方、それぐらいの不良物件ですから。

「ふん。今日に至るまでの十七年間、このようなつまらぬバカな女と、建前だけでも婚約者同士だったことは、俺の輝かしい人生における最大の汚点だ！　その忌々しい銀髪も、吊り上がった青い瞳も、すべてが俺の癇に障る！　顔を見るだけでもむかっ腹が立つわ！」

　そのお言葉、そっくりそのままお返しいたしますわ。

　それに、たとえ貴方に好かれなくとも、お母様譲りのこの銀髪と青い瞳は、誰もが美しいと褒めてくれますもの。

　貴方一人に否定されたところで、痛くも痒くもありません。

　さて、ひとしきりこの方々の言い分を聞いてあげたところで、これからどうしましょうか。

　一応私には、カイル様が暴走した時に窘めなければならないという、婚約者としての役目があるのですが、はっきり言って面倒くさいことこの上ないです。

　だって、この方が聞く耳を持たないことなんて、わかりきっているじゃないですか。

　とはいえ、なにも言わないでいると、あとであることないことをでっちあげられることは必至。仕方がないので言いましょう。

「忠告させていただきますが、私とカイル様の婚約は王家とヴァンディミオン公爵家の間で、私達が生まれる前から交わされていたものです。それをカイル様の一存で勝手に破棄できると、本気でお思いですか？」

私の問いにカイル様はフンと鼻を鳴らし、小バカにするかのように口元を歪（ゆが）められました。

なまじ顔立ちが整っているだけに、そんな表情も様（さま）になってはおります。

「破棄できるとも。貴様がいままで犯してきた罪を、いまここで告発することによってな！」

「……罪？」

思わず聞き返してしまいました。

罪とは一体なんのことでしょう。いえ、とぼけているわけではなく、本気で身に覚えがないのです。

「しらばっくれるな！　すべてテレネッツァから聞いたぞ！　我が寵愛（ちょうあい）を一身に受けるテレネッツァに嫉妬（しっと）し、貴様が学院内で数々の陰湿な嫌がらせをしていたことをな！」

激怒して真っ赤になりながらこちらを指さすカイル様に、私はますます首を傾（かし）げてしまいました。

一体このお方は、どこの世界のお話をなさっているのかしら。

「まったく身に覚えがないのですが。それと、そこにいらっしゃるご令嬢……テレネッツァさんといいましたか？　噂に聞いたことはありましたが、実際に顔を合わせたのは今日が初めてですわ」

「早くも馬脚を露したな！　同じ貴族学院に通っていて、しかも同学年の貴様とテレネッツァが、互いの顔を知らないはずがなかろう！　嘘をつくのであればもっとマシな嘘をつけ！　このマヌケめ！」

　そう言われましても……

　バカ王子の支離滅裂な言葉に、私は内心ため息をつきました。

　我がパリスタン王国の王都グランヒルデには、学院と呼ばれる教育機関が存在します。正式名称、王立貴族学院というその施設では、魔法や剣術から王国の歴史、領地経営の方法といった将来必要となる知識まで、幅広く学ぶことができます。

　また、学院に子供を通わせることは王侯貴族の義務とされており、貴族の家に生まれた子供は、十五歳からの三年間を、この全寮制の学院で過ごさなければなりません。

　それは王族であろうと最下位の貴族であろうと例外はなく、カイル様も私も現在最上級生として学院に籍を置いております。

　とはいえ、自分のクラスでもないお方の顔をいちいち覚えているわけもなく。

せめて校舎が同じであれば、顔ぐらい目にしたことがあると思うのですが、テレネッツァさんをお見かけしたことは一度もありませんし。

ということは恐らく――

「あの、テレネッツァさんは、一般科のクラスに通われているのではありませんか？」

「だからどうした！　もしや貴様、テレネッツァの成績が他の者に少し劣るというだけで差別する気か!?　己が特別科だからといって、調子に乗りおって……この差別主義者め！　恥を知れ！」

他国からの留学生も合わせて毎年百人以上の生徒が入学する学院では、それぞれの成績や能力別にクラスが分けられています。

平均かそれ以下の能力しか持たない生徒達が集まる一般科と、成績優秀かつあらゆる能力に優れた者が集められた特別科。これらは校舎の場所が離れているので、各クラスの生徒が顔を合わせることなどまずあり得ません。

と説明したところで、頭が沸騰しているいまのカイル様には、なにを言っても無駄でしょうが。

ちなみにカイル様は、入学時こそ特別科のクラスにおられましたが、遊び呆けてどんどん成績が下がり、あっという間に一般科のクラスに落とされました。

まったくなにをやっているのやら。

「ふん。都合が悪くなったと見るやだんまりを決め込むか？　いいだろう。シラを切るというのであれば、貴様がいままでテレネッツァにしてきた悪行の数々を、ひとつひとつここで告発してやる。まずは――」

これ以上ないほどに自信満々なお顔をされたカイル様は、会場のみなさまに向かって朗々と語り出しました。

やれ座学のノートに落書きをしただの。

やれお手洗いに閉じ込めただの。

やれ悪い噂を流しただの。

極めつきは、私が彼女を階段から突き落としたというものでした。

違う校舎で、そもそも面識すらない方を、どうやって私が突き落とすというのでしょうか。

当然、告発された内容に具体的な証拠などなく、根拠はテレネッツァさんの証言のみ。

笑っちゃいますわ。そんな下らない嘘を真に受けて、この私を断罪しようとするだなんて。

……いえ、違いますね。嘘か真か。そんなことはカイル様にとってはもはやどうでもいいのでしょう。

ただ私という邪魔な存在をどこかへ追いやり、殿方の庇護欲を掻き立てるのがお上手なこの男爵令嬢と結婚できれば、それだけで。

「……もう、結構です」

まだまだ続く、聞くに堪えない告発という名の茶番の途中、私はカイル様にそう告げました。

カイル様の下らないお話を、これ以上聞いていてもなんの意味もない。そう思ったので。

当のカイル様はといいますと、私の冷めきった態度を見て、なにか勘違いでもされたのでしょう。ニヤリと口元を歪めて、それ見たことかと言わんばかりのお顔でおっしゃいました。

「それは自分の罪を認めるということでいいんだな？」

「どう解釈して下さっても結構です。婚約破棄の件に関しましても、承りました」

「開き直りか。いじめなどという低俗な真似を好む、性根の腐った貴様らしい振る舞いだな。知っているか？　貴様のような女のことを、歌劇や物語では悪役令嬢と呼ぶらしいぞ？　悪人面の貴様に相応しい配役だな！　ふははっ！」

ひたすら責められることにうんざりして、私は視線を逸らしました。するとカイル様に身を寄せたテレネッツァさんが、こちらにだけ見える位置から勝ち誇った顔をして「ばーか」と口元を動かします。

ええ、わかっていますとも。それが貴女の本性だということは。

「これでようやく、誰にうしろ指をさされることもなく一緒になれるのだな、テレネッツァ。昨日、『私が欲しいならスカーレットと婚約破棄して下さい』などと懇願(こんがん)された時は、どうしたらいいものかと悩みもしたが。いまとなっては、なぜもっと早くこうしなかったのかと後悔しているくらいだぞ。政略結婚などクソくらえだ！」

「うふ。カイル様は真実の愛にお気づきになられたのですわ。私達はこうなる運命だったのです」

「くぅっ、テレネッツァ！　愛しさが止められぬ！　ここでいますぐにでもお前のすべてを奪ってしまいたい！　いいか!?　いいよな!?　答えは聞かぬぞ！」

「あん、こんなところでいけませんわ、カイル様ぁ！」

バカ丸出しで乳繰(ちちく)り合う二人を冷(さ)めた目で見ていると、じわりじわりとある感情が漏れ出してくるのを感じました。

カイル様の婚約者として、王家に嫁(とつ)ぐ身として、表に出してはならないと、幼少期からずっと抑えつけてきたその感情。

国王陛下、お父様、お母様。

もう、いいでしょう？　我慢しなくて。

「カイル様。この場を去る前に、最後にひとつだけお願いしてもよろしいでしょうか」

イチャつき続ける二人の間に、空気を読まず割って入ります。

愛の語らいを邪魔され、不機嫌そうなお顔でこちらを振り向かれたカイル様は、声を張り上げました。

「俺の婚約者を害した罪人という立場さえ弁えず、そのような要求をするとは、なんと浅ましい女だ！　この痴れ者が！　近衛兵！　この女をここから叩き出せ！」

カイル様の叫び声が響いて、すぐに鉄靴の音が聞こえてきます。

人波が割れると、そこには会場の入り口を守っていた警備の方々が集まっておいでました。

そうですか、この方々もカイル様の息のかかった者達なのですね。用意周到なことで。

「まあまあ、カイル様。最後と言っているのだし、いいんじゃありませんか？」

なにを思ったのか、したり顔でなだめるテレネッツァさんに、カイル様が顔を顰めます。

「どうせ大したことではないでしょうし。なんなら願い事を聞くのを条件に、この一件はすべて自分が悪いと、国王陛下の前で罪を自白してもらうというのはいかがでしょう。

それならば私達にも利がありますわ」

「なるほど。お前は賢いな、テレネッツァ。よしスカーレット、いまの話は聞いたな？　こちらの条件を呑むのであれば、貴様の願いとやらを聞いてやろう。寛大な俺達に感謝するのだな」

「それで結構です。感謝いたしますわ、カイル様、テレネッツァ様」

一礼をした私は、震える左手をもう片方の手で押さえながら、ゆっくりとお二方に歩み寄ります。

「で、貴様の願いとはなんだ。金か？　宝石か？」

「……本当に、よろしいのですね？」

「くどい！　俺の気が変わらぬうちに早く言え！」

「では遠慮なく……テレネッツァ様、覚悟なさいませ」

「は？　貴様はなにを言って――」

怪訝(けげん)なお顔をなさるカイル様に、私はいままで一度も見せたことがない満面の笑みを向けます。

「この位置まで近づけたのなら……絶対に外しようがありませんから」

そして私はおもむろに腕を振り上げると――

「申し遅れましたが、これが私の最後のお願いです。このテレネッツァ（クソアマ）をブッ飛ばしてもよろしいですか？」

答えを待たず、私はテレネッツァさんの顔面に、握りしめた拳（こぶし）を全力で叩き込みました。

「ぎゃあっ⁉」

舞踏会の会場に、彼女の絶叫が木霊（こだま）します。

鼻血を噴き出しながら吹っ飛んでいき、仰向（あおむ）けに倒れてピクピクと痙攣（けいれん）するテレネッツァさん。

「――はー、スカッとした」

万感の思いを込めてつぶやきます。

人を殴ると自分の心も痛いなんて嘘ですね。

だっていま、ムカつく小娘をブン殴った私は、とても気分がいいのですから。

「き、貴様！　な、な、なにをしている⁉」

「腹が立ったのでブン殴ったのですけれど、なにか？」

そう答えた私に、カイル様はまるで別の生き物でも見るかのような視線を向けてきます。

まあそういう反応になりますか。

猫をかぶり始めてからもう十年は経ちますし、彼は、従順で婚約者を立てる私しか知らないでしょうから。

七歳までの私は、腹を立てるとなんのためらいもなく人を拳で殴るものだから、〝狂犬姫〟なんてあだ名で呼ばれていました。もっともそのあだ名も、いまや被害者以外は誰も覚えていないでしょう。

「この場にお集まりになった第二王子派のみなさまに、言いたいことがあります」

くるりと華麗にターンして、周囲を取り囲む方々に向き直ります。

「貴方達は最低の豚野郎です」

私がこんなにも自分の気持ちを押し殺して、国に身を捧げるつもりで生きてきたというのに。

なにもかもを諦めて、人形のように、ただただ言われるがまま苦痛に耐えてきたというのに。

他人の甘い汁を吸うことしか考えていない豚どもめ。ただ自分達の心証をよくしたいがために、このふざけた婚約破棄に加担して、私のいままでの苦労をすべて台無しにしようとするとは。

こんなの、ムカつかないわけがない。

「だから――全員ブッ飛ばしても構いませんわね？」

スカートのポケットに手を入れ、手袋を取り出します。

たくさんのお方を殴るのですから、手が傷つかないようにちゃんと保護しなくてはいけません。乙女の嗜(たしな)みですわ。

「それでは、はりきってまいりましょうか。はじめに殴られたいのはどなたですか？手を挙げて前に出てきて下さいな」

第二章　覚悟はよろしいですか、泥棒猫さん。

私、スカーレット・エル・ヴァンディミオンが、このたび感情を爆発させた理由。それはテレネッツァさんとバカ王子に腹を立てたからなのですが、私の怒りの度合いを伝えるには、過去に遡る必要があります。

パリスタン王国では、社交界デビューは早ければ早いほどいいとされ、ほとんどの貴族の子供は六歳になるまでに礼儀作法を叩き込まれて、夜会に出席します。

けれど狂犬姫と呼ばれていた私は周りより遅れて社交界デビューをすることとなり、七歳の時、お父様と一緒に初めて夜会へと足を運んだのです。

頭上を仰げば、煌めくシャンデリア。

豪奢なドレスを身に纏った淑女の方々はたおやかに扇子を傾け、燕尾服を着た殿方はワインを片手に華麗に微笑む。

そんな目も眩むような世界に酔ってしまい、早々に会場の隅で休んでいると、同い年くらいの男の子が話しかけてきました。

「おい、お前がスカーレットか」

明るい茶髪を短く切り揃えたその子は、顔立ちこそ整っているものの目つきが悪く、いかにも粗暴な印象を受けました。

ですが、どんな相手の前でも淑女としての立ち居振る舞いを忘れるなと、家庭教師にみっちり叩き込まれていた私。教えられた通り、微笑みながらスカートの裾を摘まみ、完璧な所作で一礼しました。

「はい、私がヴァンディミオン公爵家の娘、スカーレット・エル・ヴァンディミオンですわ」

そんな私の挨拶を見た男の子は、フンと小バカにするように鼻を鳴らすと、次の瞬間とんでもないことを口にしたのです。

「お前バカだろ」

「……えっ？」

突然罵倒されたので、一瞬理解が追いつきませんでした。

バカって言われた？　私が？　なぜ？

「俺はスカーレットか？　って聞いたんだから、返事は『はい』でいいんだよ。誰も自己紹介しろなんて言ってないだろうが、バカ者め」

あまりな物言いに、思わず閉口してしまいます。

確かに、はいと一言でよかったかもしれませんが、それでは少々礼を欠くというものでしょう。

そんなこともわからないなんて、この子は一体どれだけ程度の低いお家のご子息なのかしら。

「お前、今日から俺の付き人な」

眉を顰めると、男の子はこちらを指さしてさらに言いました。

「はあ？」

流石にこれ以上は黙っていられません。

「ふざけないで。誰が貴方みたいな無礼な子供の付き人なんかするものですか」

「なんだと！　たかだか公爵家の娘如きが生意気な！」

「公爵家如きですって？　では貴方のお家は、さぞご立派なのでしょうね？」

「俺の家はこの王国そのものだ！」

呆れてしまいました。言っていることがまったくもって意味不明です。

「付き合っていられませんわ。さようなら」

「待て！　逃げるのか！」

大声を上げながらうしろをついてくるその子に、私はもう我慢が限界に達しそうでした。その場で振り返って、物理的に黙らせなかった自分に拍手をしてあげたいくらいです。

そして当然のことながら、夜会でそんな風に騒いでいる子供がいれば悪目立ちするわけで……

騒ぎの渦中にいるのが私だと気づいたお父様が、こちらに歩いてこられました。

「お父様！」

助かったとばかりにお父様に駆け寄り、その大きな背中に隠れます。

「どうした、スカーレット。一体なんの騒ぎだ」

「変な子がずっと付き纏ってくるの。追い払って下さいませ」

お父様は私を追いかけてきた男の子を一瞥すると、ヒゲを蓄えた厳しいお顔を、さらに厳しく顰めておっしゃいました。

「スカーレット。あのお方への無礼な言動は慎め」

「え……？」

助けてくれると思っていたお父様に拒絶されて、私は困惑します。

そして、次に耳に飛び込んできた言葉に絶句しました。

「あのお方の名前はカイル・フォン・パリスタン殿下。我が国の第二王子にして、お前の婚約者でもあるお方だ」

直後、私はショックのあまり気絶しそうになりました。

私に婚約者がいるとは聞いておりました。

そしてそのお方が、この国の第二王子だということも。

私とて公爵家の娘。家が決めた相手と政略結婚することには、なんのためらいもございません。

たとえお相手の見た目に多少難があろうとも。性格的に気難しい方であろうとも。鉄の心をもってこらえましょう。

そもそもこの政略結婚を受け入れるべく、狂犬姫と呼ばれていた自分と決別し、夜会にも出席したのですから。

ですが、お父様。これはちょっとあんまりな仕打ちなのではないですか？

第二王子のカイル様が、挨拶(あいさつ)もろくにできない、常識のないクソガキだったなんて、私は一言も聞いておりませんでしたよ？

「隠れても無駄だ！　お前は今日から一生俺の付き人だからな、バカ者め！」

――こうして、私の地獄の日々は始まりました。

私が夜会に出席するたび、カイル様が執拗(しつよう)に付き纏(まと)ってくるようになったのです。

それも、ただ付き纏ってくるだけではありません。

時には人前で私のことを悪し様に罵倒してきたり。

また時には、お前の銀髪が気に食わないと髪を引っ張ってきたり。

ありとあらゆる地味な嫌がらせをしてくるようになったのです。

流石に目に余ったのか、注意してくれようとした大人もいました。けれど、『自分に逆らうとどうなるかわかっているのか』とカイル様が恫喝する始末。

結果、誰もが彼の行いを見て見ぬフリするように……

もちろん、お父様には婚約を白紙に戻してほしいと、何度も何度も懇願いたしました。

本来であれば、いち公爵家が王族との婚姻を白紙に戻すなど、恐れ多くて口にもできないことです。しかし、私に限ってはそれを口にできる、ある理由があったのですが——

お父様は、『王家との婚約故、それだけはできない』と、絶対に首を縦に振ってくれません。

その頃になると、夜会に出るのも嫌でした。けれど夜会を欠席すれば、カイル様は家まで押しかけてきそうです。それだけは絶対に阻止したくて、なんとか出席し続けました。

そんな辛い日々も一年、二年と続いていけば段々と慣れていくもの。

いつしか私は、カイル様にどんな悪口を言われようが、暴力を振るわれようが、まったく動じない鋼鉄の精神を身につけておりました。

やがて、なにをしても無反応な私に飽きたのか、カイル様は夜会に出席しなくなり、顔を合わせる機会は徐々に減っていったのです。しばしの間、私の怒りのゲージは増えることがありませんでした。

けれど時が流れて十五歳となり、学院に入学したところ——再び怒りに耐える日々が幕を開けました。


入学式の日の朝。

臙脂色の制服に身を包んだ私は、ふと壁にかけてある地図に目をやりました。

数多の創造神が塵芥から作ったと言われている、大陸ロマンシア。

この大陸には、大きな力と領土を持つ四つの大国が存在しています。

東の帝国ヴァンキッシュ。

西の神聖皇国エルドランド。

南の連合王国リンドブルグ。

北の公国ファルコニア。

これらの国々は、隣接する国とたびたび戦争を起こしては、領土を巡って血みどろの争いを繰り返してきました。

そんな中、四方をこの四大国に囲まれているにもかかわらず、滅ぼされずに残っている国があります。それが私の生まれ育った国、パリスタン王国でございました。

我が国は四大国のうち三国と同盟を結んでおり、外交政策はそれなりにうまくいっています。

これで内政も安定していれば我が国の将来も安泰と言えるのでしょうが……

パリスタン王国の内部は、王位を巡る争いで非常に乱れております。

王国には年を同じくする二人の王子がおり、正妃の息子である第一王子が次期国王になる予定でした。

ですが、不正を決して許さない第一王子の姿勢に、一部の悪徳貴族達は自分達の権益が脅かされると感じたらしく、愚かな第二王子を次期国王に祭り上げようとしたのです。

王位継承権を持つ二人の王子が十五歳になると、それまで水面下で行われていた争いが、当人そっちのけで激化し始めました。

そのおかげで、王宮内の勢力図は第一王子派と第二王子派で真っ二つに分かれることに。

それは王立貴族学院においても同じでした。

これから三年間、大変な毎日になるでしょうが、精々頑張ってご自分の派閥をまとめて下さいね、王子様方。と、私は完全に他人事のように思っておりました。

ところが、学院へ向かう馬車に乗った私に、お父様は厳しいお顔でおっしゃったのです。

「スカーレット。学院内においても、婚約者としてしっかりとカイル様を支えるのだぞ」

その瞬間、私の学院生活は終わりを告げました。

なんですかね、お父様は私にストレスで自殺でもさせたいのでしょうか。

昔からカイル様のことに関しては労いの言葉ひとつかけていただいたことがないのですが、私ってもしかしてお父様に嫌われていますか？

まあ、いいでしょう。私はもう昔の私ではありません。

クソガキだった王子のいじめに六年以上も耐え抜いたおかげで、どんなことがあろうとも動じない心の強さを手に入れましたからね。学院に通う三年間ぐらい、余裕で耐えてみせますよ。

不退転の決意を抱き、青空の下、学院の正門前でカイル様と久しぶりの再会を果たした私は――

「なに？　婚約者として私を支えるよう、ヴァンディミオン公爵に命じられただと？　フン、ならば今日から貴様は私の奴隷だな！　拒否は認めぬ！　いいな！」

付き人から奴隷にランクダウンしておりました。

あの、やっぱり私、この方無理です。チェンジしてもらっていいでしょうか。

しかし、無表情のまま心のうちで叫んだところで、私の声は誰にも届くことはなく。

私は怒りの感情をひたすら胸のうちに溜め込んでいきました。

朝は男子寮の前でカイル様を迎え、彼の教室まで送り届け、昼はカイル様の昼食を買いにわざわざ王都の街まで使いっ走りにさせられて。

夕方もまた、カイル様のクラスまで迎えに行き、寮まで送り届ける。

大嫌いな人間に対して、そのように付き人染みた真似をするだけでも大変苦痛です。だというのに、顔を合わせるたびに罵倒され、人前で侮辱され……そんなことを毎日繰り返された私の心は、以前にも増して冷たく凍りついていきました。

いっそのことお父様に逆らって、カイル様をボコボコにしてしまえば楽にもなれたのでしょう。

けれど、七歳の頃からずっとこのいじめに耐え抜いてきたという、私のちっぽけな自尊心が、安易な暴力に走ることを許しませんでした。

だって、いますべてを投げ出してしまったら、これまでの苦労がすべて水の泡。

こうして耐える道を選んだ私は、その鬱憤をぶつけるかのように、ひたすら学業に取り組み始めました。

幼少期から我が家の家庭教師に散々しごかれてきたおかげで、剣術も魔法も得意だった私。ですが、怒りや恨みを昇華させたエネルギーというのは凄まじいもので、気づけばありとあらゆる科目において、学年でトップの成績を誇るようになっておりました。

そうなってくると、カイル様にいじめられている可哀相な婚約者として見られていた私の評価も、次第に変わっていきます。

厄介事に巻き込まれるのはごめんだと、誰からも話しかけられず孤立していた私ですが、ぽつりぽつりと人から声をかけられるように。

やがて学院一の才女として私の名が広まる頃には、すれ違う生徒の誰もが振り向いて、尊敬の眼差しを向けながら挨拶してくるようになっておりました。

二人だけですが親しい友人もでき、いつの間にか〝氷の薔薇〟などという、いかにも深窓の令嬢めいた二つ名で呼ばれるようにも。

他人に自分のことをどう思われようが、基本的に無関心だった私。

けれど貴族としての体面を気にするお父様やお母様にとっては、それはもう大事なことだったようで、わざわざよくやったぞと手紙を送ってくるほどでございました。

さて、そんな私の地位向上を快く思わないお方がおりました。

言わずもがな、カイル様でございます。

常にバカにし続けていた奴隷の私が、いつの間にか自分以上に注目を浴びる存在になっていたのですから、面白くないのは当然でしょう。

その頃のカイル様は、いわゆる第二王子派の貴族のご子息達とつるむようになっており、彼らと遊び呆けた結果、成績はガタ落ち。

特別科から一般科に落とされそうになっていたので、成績トップの私への怒りに拍車がかかったのでしょう。

そうしてある日、事件が起こります。

それはお昼休みのこと。

授業を終えた私が、クラスメイトの方々と話をしていますと、突然乱暴にドアが開かれました。

そこに立っていたのは、制服をだらしなく着崩したカイル様と、その取り巻きである生徒が数人。

カイル様は不機嫌そうな顔でこちらに歩いてきて、私の胸ぐらを掴むと、教室中に響き渡るような大声で叫びました。

「貴様！　俺の昼食も買いに行かず、こんなところでなに油を売っている！」

そのあまりの剣幕に、昼下がりの賑やかな教室内が一気に静まり返りました。そんなに早く昼食が食べたいのなら食堂に行けばいいのに、と誰もが思ったことでしょう。

当の私はと言いますと、ああ、またいつもの癇癪が始まったかと慣れたものです。

やんわりとカイル様の手を押さえながら、普段と変わらぬ調子でこう返しました。

「わかりました。いますぐ王都に出て買ってまいります」

使いっ走りをさせられるのは面倒ではありますが、比較的楽な部類の嫌がらせです。

最初の頃は買ってきたものに対してイチャモンをつけられ、何度も買い直しをさせられたので大変でした。

けれどそれでは自分がお昼ご飯を食べられないと気づいたのか、最近は文句を言われないようになりました。

当然、お金は私持ちですが。

「貴様！　なんだその態度は！　俺を待たせておきながら謝罪のひとつもなしか!?」

「申し訳ございませんでした。以後気をつけます」

淡々とした私の態度が癇に障ったのか、カイル様は目を吊り上げると、お顔を真っ赤にして怒鳴り散らしました。

「それで謝っているつもりか！　バカにしおって！　来い！　仕置きしてやる！」

乱暴に私の腕を引っ張って行こうとするカイル様。すると流石に見かねたのか、何人かのクラスメイトが立ち上がります。

それを見たカイル様は、唇の端を吊り上げ、自信満々な顔でおっしゃいました。

「なんだ貴様ら。この俺に……カイル・フォン・パリスタンに逆らうというのか？　俺が誰だかわかってやっているのだろうな？」

身分を振りかざした恫喝に、立ち上がった方々が怯みます。

私は彼らに向き直ると、いつも通りの無表情で言いました。

「私なら大丈夫ですから。みなさま、どうかお気になさらずに」

「ですが、スカーレット様……」

もう一度、大丈夫と落ち着いた口調でみなさんに告げます。

カイル様はそれすら気に食わないのか「来い！」と叫び、私の腕を引っ張って、無理矢理教室の外へと連れ出しました。

「こいつらが教師に告げ口しないか見張ってろ。シグルドは俺と来い」

シグルドと呼ばれた男子生徒以外の取り巻きを教室の外に残し、カイル様はそのまま私の腕を引っ張って行きます。

シグルド・フォーグレイブ。濃い青色の髪に、精悍な顔立ち。均整の取れた逞しい身体を持つ、騎士見習いの方でしたね。

カイル様といつもつるんでいらっしゃる取り巻きの一人で、確か騎士団長様のご子息でしたか。剣の腕に長けており、次期騎士団長候補とも言われているとか。

見た感じの印象では、とてもまともで誠実そうですのに、なぜカイル様とつるんでいらっしゃるのか、不思議でなりません。

ご家族でも人質に取られているのでしょうか。

そんなことを考えているうちに連れてこられたのは、人気のない特別科の校舎裏。背の高い木が生い茂っているため、隠れてなにかをするにはもってこいの場所でしょう。

カイル様はシグルド様に見張りを命じてから、私を校舎の壁の前に立たせました。

さて、今日はどんなお仕置きをされるのでしょうか。制服が皺にならないようなことならいいのですが。

「最近、少し成績がいいからと調子に乗っているそうだな」

「そのようなことはございません。普段通りに過ごしております」

「黙れ！　奴隷である貴様に口答えする権利はない！」

大人しく口をつぐみます。理不尽な物言いもいつものことですから。

ですが、今日は少しだけ、普段と様子が違うように見えました。

なにかあったのでしょうか。

「クソ！　なぜこいつみたいなバカが特別科で、俺が一般科に落とされなければならない！」

ああ、そういうことですか。

ついにクラス落ちが決まったのですね、おめでとうございます。

誰がどう見ても自業自得であり、当然の結果ですね。まあ、それがわかっていればクラス落ちになどなっていないでしょうし、なんといいますか真性のバカですよね、カイル様は。

「貴様！　いま内心、俺のことをバカにしただろう！」

「いえ、私はなにも」

「しらばっくれても無駄だ！　貴様のようなバカが考えていることなど俺にはすぐにわかる！　俺は天才だからな！」

根拠なき天才発言に、噴き出しそうになってしまいました。

どうしましょう、このお方、七歳の時よりもバカが進行しているじゃないですか。一体どうしてこうなってしまったのでしょう。

「だがバカにしていられるのもいまのうちだぞ？　クク」

　不意に、カイル様が懐から短剣を取り出しました。

　これには流石の私も顔を顰めます。

「なにをなさるおつもりですか……？」

「前々から、貴様のその長い銀髪が気に食わなかったのだ。一般科への土産に、調子づいているバカ女の髪を持っていってやる！」

　いままでなにを言われようが涼しい顔をしていた私も、この発言には戦慄しました。

　毎日お手入れをしている、お気に入りのこの髪を……そのろくに手入れもしていないであろう、いかにも安物の短剣で切り落とそうと？

　なんとふざけたことをほざきやがるのでしょうか、このバカ王子は。

　私の髪に指一本でも触れてみなさい。容赦なくブチ殺しますよ。

「やめて下さい。人を呼びますよ」

「バカめ、誰も助けになど来るものか！　来たところで、俺が第二王子だと知って止められる者などいないわ！」

「ではお父様に言いつけます。女性の髪を無理矢理切るなんて、婚約の話が白紙に戻るかもしれませんよ」

「ヴァンディミオン公爵など所詮、我が父上の犬にすぎぬ！　抗議などできるものか！

それに俺が認めぬ限り、婚約は白紙になどさせぬ！　貴様は一生俺の奴隷として生きるんだからな！」

校舎の壁に私を押さえつけて、カイル様が短剣を突きつけてきます。

こうなってはもう、我慢などと言ってられません。

髪は女の命。それを切ろうという者には死を覚悟してもらうしかないでしょう。

「……さようなら、カイル様」

下卑た笑みを浮かべるカイル様に、握りしめた拳を全力で叩きつけようとした、その時。

「――騒がしいな」

どこからか、気怠げな殿方の声が聞こえてきました。

「おちおち昼寝もできん。痴話喧嘩なら別の場所でやってくれないか」

「だ、誰だ!?　どこにいる！　姿を見せろ！」

流石にこんなところを誰かに見られてはマズいと思ったのか、カイル様が慌て始めます。

寸前で殴るのを止められた私は、なんとなく不完全燃焼でもやもやしながら、声の聞こえてきた方向――カイル様の背後にある木の辺りを見上げました。

「……なんだ、誰かと思えば我が愚弟ではないか」

呆れたような声とともに、誰かが勢いよく木の上から降ってきます。

透き通るような金髪に、まるで天使のような美しいお顔。青い瞳は鋭い眼光を放っていて、その部分だけを見ればカイル様にそっくりでした。

そのお方は葉っぱまみれになった臙脂色の制服を軽く払うと、ニヤリと不敵な笑みを浮かべて、バカにしたようにおっしゃいます。

「下らないことばかりしていないで、少しは将来のために勉強にでも励んだらどうだ？　そんなことだから一般科に落とされるのだぞ、愚か者め」

パリスタン王国第一王子、ジュリアス・フォン・パリスタン様。

同じクラスなのでお顔はよく拝見していたのですが……このようにお口が悪いとは存じ上げませんでした。

教室では比較的和やかに他の方とお喋りをしていたはず。

実は相当な腹黒さんなのでしょうか。

「だ、黙れ！　そうやっていつもいつも、貴様は俺のことを見下して！」

「図星をさされてすぐに声を荒らげる。そういうところが愚かだと言っているのだ。いい加減に学べ」

ジュリアス様がため息をつきながら歩み寄ってくるのを見て、カイル様が狼狽えます。

そのお顔には普段の自信満々な様子など微塵もなく、額からは汗を垂らし、目をあちらこちらに泳がせておりました。

「そ、それ以上近づくんじゃない！　この短剣が見えないのか！」

子供のように短剣をブンブン振り回すカイル様を無視して、ジュリアス様は私の前まで来て立ち止まります。そして興味深そうにこちらを一瞥すると、なにかを見透かしたかのようにフッと笑みを浮かべました。

なにかしら、その黒い笑みは。

もしや私が拳を握り込んでいるのを見て、殴ろうとしていたことに気づいたとか？

いえいえ、まさかそんなことは。私のようなか弱い女が殿方を殴るなんて、普通に考えればあり得ないものでしょう。

大丈夫、バレていませんわ。多分。

「確か貴女はヴァンディミオン公爵家のご令嬢だったか。弟が迷惑をかけたな。すまなかった」

「いえ、構いませんわ。いつものことですので」

サラリと返答すると、ジュリアス様が「なに？」と眉を顰めます。

「いつも、とは？　我が愚弟が自分の婚約者に対して子供染みた下らないちょっかいをかけているとは聞いていたが、まさか貴女は短剣を突きつけられて脅されるような行為を、日常的に受けているというのか？　この愚か者から」

ジュリアス様に睨みつけられたカイル様は、ビクッと身体を震わせて、目を逸らしました。

本当に苦手なのですね、お兄様のことが。

「それは、私の口からはなんとも」

「おい、カイル。どうなんだ。事と次第によっては、ただではすまんぞ」

追い詰められたカイル様はその場に短剣を落とすと、真っ青になってブルブルと頭を横に振り、進退窮まった様子で叫びました。

「お、俺は悪くない！　全部その女が、スカーレットが悪いんだ！　俺の婚約者のくせに、俺を敬わないから！　シグルド！　どこに行った！　この者を、ジュリアスをここから排除せよ！」

見張りをしていたシグルドがこちらに向かって駆けてきます。

「カイル様、その命令は聞けません」

近くに来るなり発せられたシグルド様のお言葉に、カイル様は呆然としたあと、真っ赤になって怒鳴ります。

「なぜだ！　貴様は俺の言うことが聞けないというのか！」

「ジュリアス様はカイル様と同じく王家の血を引くお方です。カイル様のお言葉に従いたいのはやまやまですが、ジュリアス様にもまた、俺は逆らうことができません。つまり――」

「お前は手詰まりということだ、愚弟よ」

そう告げられたカイル様は、ギリギリと歯ぎしりをして、悔しそうな形相で私を睨みつけてきました。

怖くもなんともないそのお顔を、しばらく無表情でじっと見つめます。するとカイル様は「覚えていろ」と捨てゼリフを吐いて去っていかれました。

これは、明日からまた面倒なことになりそうですね。困りました。

そう思っていると、なんでもないことのようにジュリアス様がおっしゃいました。

「安心していい。あれが貴女に直接的な危害を加えることは、もうなくなるだろう」

なにか手があるような言い方ですが、一体どうなさるおつもりなのでしょう。

国王陛下に告げ口でもなさるのかしら。

「助けていただきありがとうございました、ジュリアス様」

とりあえず深々とお辞儀をしておきます。

こうして助けていただいた以上は、まず謝辞を述べるのが筋というものでしょう。

「助かったのは、果たしてどちらのほうだったのかな」

「はい？」

首を傾げる私に、ジュリアス様がクククッと黒い笑みを浮かべてつぶやきます。

「……もう少し放っておけば、もっと面白いものが見れただろうに、損をしたな」

やはりこのお方、私がカイル様を殴ろうとしていたことに気づいていましたね。

それに、私達のやりとりを最初から黙って見ていたのでしょう。

第一王子ジュリアス様、油断なりませんね。

「……ところで、ジュリアス様はなぜ木の上にいらっしゃったのですか？」

「昼休みに教室にいると、擦り寄ってくる輩がうるさいからな。ヤツらのつまらんおべっかを聞いて貴重な時間を無駄にするぐらいならば、ここで本でも読んでいたほうがマシだ」

この腹黒王子。いまのセリフを貴方の派閥の方々に是非聞かせてあげたいですね。

「だが、これからは教室で過ごすのも悪くなさそうだ。面白いものを見つけたからな」

「はあ、面白いものですか？」

「ああ。本なんかよりも、ずっと面白そうなものをな」

そうおっしゃったジュリアス様は、天使のような笑みを私に向けました。

この流れ……まさか、面白いものというのは私のことでしょうか。

——この事件をきっかけに、私は第二王子だけでなく第一王子にも目をつけられることになったのです。

私の怒りはますます膨らみ、ストレスも溜まるばかり。こんな面倒なことになるのであれば、最初から我慢せずに気に食わないお方を片っ端からブン殴っていればよかった……むしろ、これからは自分に正直に生きてもいいのでは？

ですが、そんなことをすれば家の名誉にも関わります。

色々と悩んだ末、結局私は本性を隠したまま、学院生活を送ることにしました。

いままでもそれなりにやってこられたのですから、これからも特に問題はない、と考えたのです。

学院で過ごす期間も、残り二年ちょっと。

殴らずに耐えてきた子供の頃の七年間を思えば、少しの辛抱じゃないですか。

しかしそのあとすぐに、私はさらなるストレスに見舞われました。

そう、腹黒王子ジュリアス様のせいで。

あれは一年生の冬のこと。

学院で定期的に行われる能力測定試験が発端でした。

試験の必須科目は、剣術・魔法・教養の三つ。

それに加えて専門科目の試験などもありますが、これらは選択制なので人によって組み合わせが違います。そのため、主要三科目の成績でクラス分けがされております。

成績が悪ければ、カイル様のように一般科に落とされ、逆によければ特別科へ上がることも可能です。

私達特別科の生徒は英才教育を受けてきた者が多く、成績優秀者のランキングでできるだけ上位に入ることを目標にしていました。

ちなみにこのランキングは、上位三十名の点数と名前が教室の前に貼り出されます。

ランキングの変動は激しいものの、主要三科目の一位は、ずっと私が独占しておりました。……とある日までは。

「おい、一位の名前見てみろよ！」

「え、嘘？　まさか……」

その日、教室の前に貼られたランキングの一位には、私ではない別のお方の名前が書かれていたのです。

「ジュリアス・フォン・パリスタン……ジュリアス様が⁉」

多くの生徒が集まる中、呆然とする私。

確かに油断はしておりました。私はすべての科目において毎回ほぼ満点でしたし、その成績を脅(おびや)かすほど優秀な方は、この学年にはいないと踏んでいたのだから。

けれどそこには、あり得ない点数が記されていました。

「全科目、満点ですって……？」

剣術と魔法の試験では、九十九点までは取れても、中々満点には届きません。それは、残りの一点が試験官の好みに左右されるものだからです。

剣術の試験で試験官を倒したとしても、剣筋が気に入らないと言われたり。

魔法の試験で試験官を打ち負かしたとしても、魔法式の構築が甘いと言われたり。

それなのに、ジュリアス様は不可能を可能にしてしまわれました。

そうなると、いままでずっと一位だったにもかかわらず満点を取れなかった私は、ジュリアス様より劣(おと)るということになってしまいます。

それはなんだか、とても面白くありません。

ああ、ダメ。苛立(いらだ)ちで眉間に皺(しわ)が寄って、鉄壁の無表情を保てない。

こんな表情を彼に見られたら、絶対に面白がられるに決まって——

「スカーレット」

ほら、やっぱり来ました。

私は誰にも聞こえないように小さく深呼吸をしてから、声のしたほうを振り返ります。

そこには案の定、満面の笑みを浮かべたジュリアス様が立っておられました。

「ご機嫌よう、ジュリアス様。学年首席、おめでとうございます」

平静を装って言うと、ジュリアス様は普段通りの表情で、私の耳に顔を寄せて言いました。

「満点で一位を取るのって、案外チョロいな」

——その日の夜、ストレス発散のため、私が自室の壁を破壊してしまったのは言うまでもありません。

満点で一位を取るなどチョロい。

それは私への挑戦と受け取っていいのですよね？

我がヴァンディミオン公爵家の家訓にはこんな言葉があります。

やられたら十倍にしてやり返せ、と。

それから、私の闘争の日々が始まったのです。

げました。

確実に九十九点を取るために、暇な時間さえあればひたすら剣と魔法の技術を磨き上げました。

そして残りの一点を取るために、試験官になり得る学院中の教師の情報を調べ上げ、彼らが好むような剣術と魔法の傾向を必死に研究しました。

こうして迎えた試験当日。

私はかつてないほどの気合いで試験に臨み、試験官を完膚なきまでに打ちのめしました。

そのあまりの無双っぷりに、試験をご覧になっていた誰もがドン引きしていたと記憶しています。

その結果。成績優秀者ランキングの一位には、私の名前が返り咲きました。

しかも、全科目満点のおまけつき。

さあ、どうですかジュリアス様。私だって少し頑張れば、これぐらいの成績を取ることなど造作もないのですよ。

十倍返しとまではいきませんが、これで少しは溜飲が下がるというもの。

内心ほくそ笑みつつ、貼り出されたランキングからジュリアス様のお名前を探します。

ところが、どこにもそのお名前はありませんでした。

困惑しながらその場で立ちすくんでいたところ、背後から肩をポンと叩かれます。

「スカーレット」

出ましたわね。今度という今度は、ふざけたことは言わせませんわよ。

高ぶる感情を隠しつつ、無表情のまま振り返ります。

するとそこには、満面の笑みを浮かべたジュリアス様が立っていらっしゃいました。

そして、いつかと同じように私の耳元に顔を寄せて囁きます。

「……放課後、みなに隠れて一心不乱に剣を振るうお前の姿は見物だったぞ？　その時のお前の顔をスケッチしたから、あとで届けさせよう。期待していてくれ」

そう言うと、ジュリアス様は私の頭をポンポンと撫でて去っていきました。

その日の夜。鬼のような形相の女が描かれたスケッチを引き裂きながら、私は改修されたばかりの寮の壁に再び大穴を空けたのでした。

なにが『見物だったぞ？』ですか。

しかも人前で馴れ馴れしく頭まで撫でて。

おかげで周囲の方々に、実は二人はそういう関係？　などとあらぬ疑いを持たれてしまったではないですか。

一体、どう始末をつけてくれるのですか？

ちなみに、ランキングにジュリアス様のお名前が載っていなかった理由ですが……あのお方は普段は手を抜いて、クラス落ちさせられないギリギリの成績をわざと取っているのだとか。けれど時折本気を出しては、成績上位者のやる気を削ぐそうです。

なんと性格の悪いお方でしょう。

しかし、ジュリアス様の手口はもうわかりました。

要はあのお方の挑発に乗らなければいい。

ただそれだけです。つまりは無視。

「おはよう、スカーレット。気持ちのいい朝だな」

朝、校舎の前で出くわしても無視。

「こんにちは、スカーレット。いい陽気だな」

昼、廊下で出くわしても無視。

「こんばんは、スカーレット。綺麗な夕陽だな」

夕方、寮に向かう帰り道で出くわしても無視……って。

「あの、ジュリアス様」

「なんだ?」

「どうしていつも、私のいる場所に現れるのでしょう」

「どうしてだろうな。偶然としか言えんが」

そんなわけがないでしょう。

なにをとぼけていらっしゃるのですか？

絶対にわざとですよね？

特別科の男子寮は、女子寮と逆方向ですし。

もしかしてストーカーですか？

「ぷっ」

「は？」

私の顔を見て噴き出したジュリアス様に、思わず素の反応をしてしまいました。

「クク……いや、〝氷の薔薇〟が百面相をしていたのでな。笑いをこらえられなかった。許せ」

ぺたぺたと自分の顔を触って確かめます。

私が百面相？　まさか。

カイル様の婚約者として嫌がらせに耐えると決めた時、私の表情筋は完全に死んだはずなのに。

「自分では無表情を装っているつもりかもしれないが、観察していてわかったぞ。お前、実は考えていることがすべて顔に出るタイプだろう」

「……失礼な方。では私がいま、なにを考えているかわかりますか？」

「『腹黒王子め、さっさとどっかに消え失せなさい』だろう？」

正解です。

というか、それがわかっていてなぜこのお方は私に近づいてくるのでしょう。

まったくもって理解不能です。

「最近カイルとはうまくやっているか？」

今度は嫌味ですか。あんなお方とうまくやっていけるわけがないでしょう。

「カイル様が一般科に落とされてから、接点がほとんどなくなりましたから。あれほどうるさかった送り迎えに関しても、なぜかめっきり言ってこなくなりましたし。最近は顔を合わせてすらいませんわ」

「そうか。それならばよかった」

なにがよかったのかわかりませんが。

そういえばジュリアス様に助けていただいた日、カイル様は「覚えていろ」と恨みがましく言っておりました。その割には、最近まったく嫌がらせをされていませんね。

まあ、彼の苦手なジュリアス様が私にいつも付き纏っていれば、近づきたくもなくなるでしょうが。

「……あっ」

まさか。ジュリアス様がちょっかいをかけてくるのは、私からカイル様を遠ざけるためなのでしょうか。

私を、守るために？

「ほら、また顔に出ているぞ」

思索に耽(ふけ)っていた私の頭を、ジュリアス様の手がポンポンと撫でました。

また勝手に頭を撫でて。

猫かぶりな私もそろそろ怒りますよ。

ああ、そういえばジュリアス様は私の本性に気づいていらっしゃるのでしたね。

ならば少しくらいストレス発散に付き合っていただいても、問題ないのではありませんか？　具体的には一発ぐらいブン殴っても大丈夫ですよね？　ね？

そんな風に黒い衝動に身を焦(こ)がしながら、拳(こぶし)を握りしめていると……

頭を撫でていたジュリアス様が、不意に私の長い髪を一房(ひとふさ)手に取り、優しく微笑まれました。

「お前の銀髪はとても美しい。これが愚(おろ)か者の愚(おろ)かな行(おこな)いで失われるなど、この私が許さない」

その言葉にとくん、と……不覚にも胸を高鳴らせてしまいました。

殿方にそんなセリフを言われたのは、生まれて初めての経験でしたから。

「あの、ジュリアス様……」

「――それに、お前は私がいままで見てきた珍獣の中でも、一番面白い部類に入るからな」

……はい？

「これほど観察し甲斐(がい)がある生き物など、そうそうお目にかかれん。いや、父上やヴァンディミオン公爵もお人が悪い。こんなに価値のあるものをカイルにくれてやるなど、宝の持ち腐(ぐさ)れもいいところだ。どうだ、いっそ私の婚約者にならぬか？　いまよりもいい待遇を約束するぞ？」

ニヤニヤと笑みを浮かべながら、勝手に盛り上がるジュリアス様。

一瞬、このお方はもしかしていい人なのでは、と思ってしまった自分を、思い切りブン殴りたい気分でした。

「謹(つっし)んでお断り申し上げますわ、ジュリアス様(クソヤロー)」

――こうして私は、怒りとストレスをこれでもかというほど溜め込んできたのです。

　そして、いま。

　溜まりに溜まったそれらは、テレネッツァさんという火種によって、ついに爆発することになったのでした。


　テレネッツァさんの顔面を殴り飛ばした私は、周囲をぐるりと見回しました。

　そして、昼下がりのお茶会に出かける時のように、にこやかな顔で足を踏み出します。

　すると、一際お太りになった、いかにも高慢そうな貴族が前に歩み出てこられました。

「小娘が！　調子に乗るのも大概にしろ！　おい、近衛兵！　こいつをひっ捕らえよ！　カイル様の婚約者に暴行を働いた犯罪者だ！」

「はっ！」

　成り行きを見守っていた近衛兵達が、私を捕らえようと一斉に向かってきます。剣や槍で武装していらっしゃいますし、この人数を相手に殴り合いをするというのも面倒ですね。

　というわけで、彼らにはしばしの間眠っていただきましょう。

「〝微睡みよ、彼の者達を安らかな眠りへ誘いたまえ――〟」

　手をかざして睡眠の魔法を唱えると、近衛兵の方々がパタリパタリと深い眠りに落ちていきます。

いけませんね。王族を警護する方々なんですから、肉体だけではなく、魔法に対抗する能力もしっかり鍛えておかなければ。貴方達は赤点です。

「この人数を一瞬で眠らせた、だと……？　な、なんという規格外な魔力だ……」

驚いている場合ではありませんよ、カイル様。

この程度のことは、学院の成績上位者なら誰でもできます。一般科の貴方には信じられないことかもしれませんがね。

しかし魔法というものは相変わらず味気ないです。遠距離から相手を倒しても、なんの面白みもないですし。

やっぱり素手で殴らないと、全然スカッとしません。

よし、魔法は以降やめにしましょう。

「ご安心下さい。貴族のみなさまにおかれましては、ちゃんとこの拳で、意識を失うまで殴らせていただきますので」

そう言って足を踏み出すと、貴族の方々が青ざめた顔で一斉に後退りしました。そして、口々に騒ぎ出します。

「ひっ……！　だ、誰か戦える者はおらんのか！　こやつを倒した者には、私の娘を嫁にやっても構わんぞ！」

「わ、私もだ！　社交界の華と呼ばれた我が娘をくれてやる！　だから私にあの女を近づけるな！」

「私は妻を差し出すぞ！　良家の才媛と称された美人の妻だ！」

「貴様らのブサイクな妻や娘などいるものか！　私を守れ！　さすれば私が所有する奴隷を一ダースくれてやるぞ！」

「お、おい！　我が国では奴隷の売買は禁止されているはずだぞ！　そんなことをここで喋っていいのか!?」

「構うものか！　すべてカイル様に承諾を得たと言えばどうとでもなる！　次の国王陛下になられるお方だぞ！」

「それもそうだな！　よし、私も秘蔵の奴隷をくれてやるぞ！」

「私も奴隷を――――！」

「私はさらに――――！」

ああ、ああ……っ。

権力に溺れ、堕落した方々が追い詰められる様をご覧下さい。

なんと、なんと醜い有様でしょう。

そう、彼らは畜生にも劣る豚野郎です。

そして、そんな豚野郎達をこれから思う存分、容赦なくボコボコにできるかと思うと――

最高の気分です。

「さあみなさま――踊りましょう?」

自らに身体強化の魔法をかけ、大きく一歩を踏み出しました。

拳を振るうたびに上がる、野太い悲鳴。

駄肉を叩きつけるたびに舞う、血の花弁。

バキッ、メキィ、ボキン、ズドォ。

豚野郎の悲鳴と打撃音が奏でるこの重奏。

なんと素晴らしいのでしょう。

貴方達は一流の演奏者になれますね。この私が保証いたします。

「………ふぅ」

気がつけば、この場にいた第二王子派の貴族のほとんどが、血溜まりに倒れて気絶していました。

「楽しい時間が過ぎるのは、あっという間ですね――カイル様」

残ったのは、ホールの隅で震える顔面蒼白なカイル様。

意識の戻ったテレネッツァさんは、どさくさに紛れて窓から逃げ出したようですが、まああんな小物はどうでもいいです。

さて、楽しい舞踏会もこれで終わりかと思うと、寂しくもありますね。とはいえ、ここら辺で終幕といたしましょう。

「最期に一曲踊って下さいな。エスコートはお任せしてもよろしくて、王子様？」

怯えるカイル様にゆっくりと近づき、振りかぶった拳をその顔に叩きつけようとして

「待て！　そのお方を殴るな、スカーレット！」

ホールの入口から響いてきたその声に、思わず振り返りました。

「レオお兄様……？」

……しかし、それはそれとして、私はカイル様を殴りました。

まあ、振り下ろした拳はもう止められませんし、仕方ないですよね。

「ぶべらぁ!?」

拳から伝わるクリーンヒットの感触。

よそ見していたにもかかわらず、過たずに芯を撃ち抜いた私の拳は、カイル様の意

識を速やかに刈り取りました。

「ふぅ……スッキリした」

深く息をついて脱力すると、心地好い疲労感を覚えます。

ずっと背負っていた肩の荷が下りたような、身も心も軽やかな気分です。

私をこんな気持ちにさせてくれた貴族のみなさま、そしてカイル様には格別の感謝をしなくてはいけませんね。

「みなさま、本当にありがとうございました」

「ありがとうございました、ではない！　なぜカイル様を殴った⁉　私は殴るなと言ったぞ⁉」

腰まで届く長い髪をうしろで結わえた殿方が、眉間に皺を寄せながらツカツカと歩いてまいります。

レオナルド・エル・ヴァンディミオン。

ヴァンディミオン公爵家の長子であり、私のお兄様でございます。

お兄様は私の二つ年上で、王立貴族学院の先輩でもありました。

卒業してからは、国王陛下の側近であるお父様の補佐として、王宮に勤めており、王都の別邸で暮らしています。

そのためここ一年ほど、寮住まいの私とはほとんど顔を合わせることもありませんでした。けれどこの通り、とても仲のいい兄妹なのですわ。

「レオお兄様、お久しぶりですね。どうしたのですか、そのように眉間に皺を寄せられて」

「話をはぐらかすな。どうしたと聞きたいのは私だ。この惨状は一体……」

レオお兄様は、血まみれになった舞踏会の会場を見回しました。

周囲には貴族の方々が、まるで浜辺に打ち上げられた魚のようにピクピクと痙攣しながら転がっております。

さらに、窓ガラスは一枚残らず砕け散り、さながら嵐が過ぎ去ったあとのよう。

「まさか、まさかとは思うが……これはすべて、お前が一人でやったのか……？」

「はい、その通りでございます」

「ああ――っ！」

しれっと告げると、お兄様は一瞬天を仰ぎ、両手で顔を覆われました。

「お兄様？　眩しいのですか？　突然天井なんて見上げるから、明かりで目が眩んだのかしら」

「いっそ私の両目が潰れて、この光景を見ることができなくなれば、どんなに幸せなことか……」

私と久しぶりに会えたことがそんなに嬉しいのかしら。

もう、お兄様ったら。

「くっくっく。だから言ったであろう、レオ。きっと私達の予想を超えて、遥かに面白いことになっているぞと」

とその時、金髪の美しい殿方が近づいてきて、ぷるぷると震えるお兄様の肩にポンッと手を置きました。

あら、どこの腹黒野郎かと思えば。

このお方もご一緒だったのですね。

「ご機嫌よう、ジュリアス様。珍しいですね、貴方が舞踏会に足をお運びになるなんて」

「愚弟に誘われたのだ。今日は面白い催し事があるので、絶対に出席せよとな。もっと早く到着するはずだったのだが、公務が立て込んでいて遅くなってしまった」

ジュリアス様は学院に入学した当初から、すでにその能力を見込まれ、王宮内で開かれている議会に参加なさっていたそうです。

学院で学ぶ意味があるのか疑問に思うほど、優秀な方でいらっしゃいますしね。

ただ、私のことを三年近くもからかい続けたことは、本当に許せません。

腹黒王子許すまじ、です。

「しかし、また随分と派手にやらかしたものだな。まるで天災が起きたあとのようだ。これは相当面白かったに違いない」

ジュリアス様が、倒れている貴族の方々の顔を一人ひとり確認しながらおっしゃいました。

「ジュリアス様！　なにを残念そうに……これは由々しき事態ですよ。ああ……このようなこと、父上に一体どう報告すれば……」

「黙れレオ。そこらで倒れている者どもの顔をよく見てみろ。無様な命乞いをしたにもかかわらず、無慈悲に踏みにじられた三下のような面をしているではないか。ああ……愚か者どもが容赦なく蹂躙されていく様はさぞ見物だっただろうなぁ。そんな美味しい場面を見逃すとは、私は今日、一体なんのために、こんな微塵も興味のない舞踏会に足を運んだというのだ？　残念がることくらい許せ」

持ち前の性格の悪さに、さらに磨きがかかっていらっしゃいませんか、ジュリアス様。

「まったく、第一王子ともあろうお方が。趣味が悪いですよ」

「貴女に言われたくはないぞ、スカーレット。というか、ついに本性を現したのだな。初めて会話した時から、いつその握り込んだ拳を解放するのか、待っていたというのに。私がいない場で見せるなんてズルいぞ。やり直しを要求する」

不満そうなお顔で私を指さすジュリアス様。

なにがズルいですか、子供ですか貴方は。

「人聞きが悪いですわね。これは不可抗力です」

「不可抗力でこの面々を殴り倒すことになった一部始終を見たかったのだ、私は。だって絶対に面白いだろう」

「まあ、逃げ回る貴族の方々を殴り倒していくのは、それなりに気分がよかったですが」

「ほら見たことか。だからズルいと言ったのだ。まったく、とんだ無駄足になったな。チッ」

「ジュリアス様！」

お兄様が鬼のような形相で私とジュリアス様を睨みつけています。

ダメですよ、お兄様。

私、いつも言っているではありませんか。

そのように顔を強張らせてばかりいたら、せっかくの綺麗なお顔が台無しですよ、と。

「ゴホンッ。まあ、冗談はさておき。スカーレット、これは貴女が一人でやったとのことだが」

咳払いをしたあと、ジュリアス様が真面目な表情で私に向き直ります。

ようやく本題ですか。

「事の経緯はすべて、窓から逃げてきた豚――ではなく、貴族の諸君に聞かせてもらった。その上で問おう。なぜ、貴女はこのような暴挙に及んだのだ？」

すべて聞いたということは、婚約破棄のくだりを説明する必要はないのですね。

手間が省けましたわ。

重ね重ね感謝いたします、サンドバッグのみなさま方。

「えっと……」

お兄様の顔色をチラリと窺うと、なにもかもを見透かしたかのようなお顔で首肯なさいました。

お兄様。私、知っておりますのよ。

それは、私がやらかした時に浮かべる、もうどうにでもなーれの表情です。

「この方々は口に出すのもはばかられるような罪を犯しました。そして、それを反省するどころか、あまりにも傍若無人に振る舞ったもので、私自らが制裁を――」

「そういう前置きはよい。もっと端的に言ってくれ」

「とりあえずムカついたので全員ブン殴りました」

「ああ――っ！」

「ぶふぅっ！」

お兄様が両手で顔を覆い、ジュリアス様がこらえきれず噴き出しました。

みなさん、反応が大仰ですね。

私、そんなに変なこと言ったかしら。

「はあ、はあ……無理だ、こらえきれん。お前の妹君は最高だな、レオよ。こんな貴族のご令嬢など見たことも聞いたこともない。どこでどう育てたら舞踏会を血の海に変えるような女が出来上がるのだ?」

「ああ、これでまた我が家の評判が……。ここ十年は平和だったというのに……このようなこと、父上と母上になんと説明すればいいのだ……!」

お二方とも、とても楽しそう。

私にはなぜ盛り上がっているのか理解できませんが。

これが殿方同士の友情、というものなのでしょうか。

なんだか少し、嫉妬してしまいます。

「安心せよ。スカーレットが……罪に問われ……ことは……」

「ですが……あとの……ル様との……」

あら。お二方の声が遠くに聞こえますね。それに段々と周りが暗くなっていくような……

「……レット？　スカーレッ……！」

「これだけの大立ち回りを……体力の限界……」

カクンと身体の力が抜けて、その場に崩れ落ちてしまいます。

そんな私を、お兄様の温かく力強い腕が抱き締めてくれました。

そういえば、幼い頃もよくこうして、無茶をする私を叱っては、最後に優しく抱き締めてくれましたね。

「おにい、さま」

「まったく……これ以上私の眉間の皺を増やすな。いまは休んでいろ。いいな？」

こくりとうなずいて、身体を預けます。

この年にもなって、お兄様に甘えるのはどうかと思うけれど。

今日は少々疲れましたので、遠慮なく寄りかからせていただきましょう。

「では、あとは手はず通りに頼むぞ――シグルド」

「……承知いたしました。我が主、ジュリアス様」

どこかで聞いたような声がして、私の意識は途切れたのでした。

第三章　そんなに私は喧嘩っ早くありませんよ。

突然だが妹の話をしよう。
私の妹、スカーレット・エル・ヴァンディミオンは七歳まで悪魔だった。
育て方を間違えたとか、環境が悪かったとか、そういう問題ではない。
とにかく人を殴るのが好きだったのである。
ちなみに乙女らしい平手打ちなどでは断じてない。
拳である。グーパンチである。しかも絶対に顔を殴る。
本人いわく、「お兄様。私だって、無差別に誰かを叩いているわけではありませんわ。
これにはちゃんと理由があるのです」とのこと。
その理由はなんだと問えば「よのためひとのため、ですわ」と満面の笑みで答えた。
しかし妹よ、兄は知っているぞ。
お前が誰かを殴ったあと、小声で「はー、スカッとした」とつぶやいていることを。
そう、我が妹は自らのストレス発散のために人の顔面を殴っていたのである。

これを悪魔と言わずしてなんと呼ぶ？

まったく、公爵家の令嬢ともあろう者がなんとも嘆かわしい。

しかも殴られた被害者の大半が貴族の子息や令嬢であるから、気が気でない。

私でさえ気が気でなかったということは、父上と母上の心労はその比ではないだろう。

なにしろ酷い時は、週に一度は「ヴァンディミオンの狂犬姫に、うちの子供が暴力を振るわれた！」と、猛抗議を受けていたのだから。

こんなことが続けば、いくら我が家で唯一の娘とはいえ、修道院に入れられてもおかしくはない。

だがタチの悪いことに、妹は素行以外はすべて完璧だった。

礼儀作法、ダンス、淑女としての立ち居振る舞い。

妹は同じ年頃の誰よりも早く、貴族の令嬢として必要なそれらをマスターしていた。

「まるで氷で象った美しい薔薇のようだ」と称されるほどの見目麗しい容姿も相まって、マイナスの部分を差し引いてなお、逸材として周囲に認められていたのである。

故に、どれだけ問題を起こそうとも妹が厳しく罰せられることはなかったし、第二王子であるカイル様との婚約が解消されることもなかった。

妹以上に優秀かつ家格の高いご令嬢が他にいなかったのである。

だからといって黙認するわけにもいかない。問題を起こすたびに叱っていたが、本気で怒るに怒れない理由もまた存在していた。

妹が誰かを殴り、抗議を受けると、決まって「どうか心優しいお嬢様を責めないで下さい。お嬢様は私のために怒り、拳を振るってくれたのです」と言ってくる第三者がいたのである。

それは貴族であったり、平民であったりと身分は様々だが、みな本気で妹のことを案じ、また尊敬の念を抱いているようであった。

計算高い妹のことだ。

殴られても仕方のないような相手を選んで、殴っていたのだろう。

だからそうやって擁護する者が現れる。

貴族の令嬢としては間違っていても、人としては正しい行いをしているのだ。

頭ごなしに叱りつけるわけにもいくまい。

だがな、妹よ。

この兄だけは絶対に騙されんぞ。

お前が本当はそんな人助けなどはどうでもよく、ただ欲求不満を解消するために殴っていたということを、この私だけは知っているのだからな――！

◆　◆　◆

「……寝苦しい」

うっすら目を開くと、私はベッドに横たわっていました。

カーテンからは穏やかな陽が差し込んできて、眩しさに思わず目を細めてしまいます。

でもそれよりも、私が違和感を覚えた要因は別にありました。

仰向けで寝ていた私の上に、誰かが覆いかぶさってきたのです。

うとうとと、二度寝をするか起きるかどうかの微睡みを楽しんでいましたのに。

私の眠りを妨げるのは一体どこのどなたでしょうか。

「貴女は、だあれ？」

「……！」

私の上に馬乗りになっているお方に尋ねた瞬間、視線がぶつかります。

この国では珍しい黒髪に、私よりも背丈が低いであろう小柄な身体。

メイド服を着ているところを見ると、我が家のメイドでしょうか。

いつまで経っても起きてこない私を心配して、様子を見に来てくれたのかしら。

あら、でも不思議ですね。このメイド、なぜか両手でナイフを握っています。

リンゴでも剥いてくれようとしていたのかしら。

眉尻を下げていた彼女は、キッと表情を引き締めて口を開きました。

「スカーレット、覚悟……！」

メイドはそう言うと、握ったナイフを大きく振り上げて私の胸に——

「こら、ナイフを人に向けては危ないでしょう？」

「ぎゃーっ!?」

ナイフを突き刺す前に、私の顔面パンチを食らったメイドは吹っ飛び、壁に叩きつけられました。

「あら、ごめん遊ばせ」

つい反射的に手が出てしまいました。

メイドに殺意を抱かれるようなことをした覚えはありませんが……まあ正当防衛ですし、許して下さいませ。

しかしあれですね。たくさんの貴族の方を殴った後遺症でしょうか。

普通のお肉を叩いても、あまりスカッとしません。

やはり殴るなら、でっぷりとお太りになった貴族の方に限ります。

「なんだ⁉　人の身体がひしゃげたような、いまの重低音は⁉　スカーレット！　大丈夫か⁉　スカーレッ――」

血相を変えたレオお兄様が、慌てて部屋に駆け込んできます。

そして、拳を振り抜いた状態の私と、壁にめり込んで気絶しているメイドを見たあと、目をつむってゆっくりと両手でお顔を覆いました。

「……いつまで経っても起きてこないと思ったら、なにをやらかしているんだお前は」

「おはようございます、レオお兄様」

伸びをして、ベッドから身を起こします。

舞踏会でたくさん運動をしたせいでしょうか。身体の節々が少し痛みますね。

よくよく見ると私の拳には包帯が巻かれていて、服はネグリジェになっていました。

そしてここは、ヴァンディミオン公爵領にある本邸のようです。

舞踏会の会場で気を失った私を、お兄様が実家の自室まで運んで下さったのでしょう。

舞踏会が行われていた王都から公爵領までは、馬で二日、馬車なら三日ほどです。ということはつまり……

「舞踏会で倒れてから、お前は丸三日も寝たきりになっていたのだぞ」

「まあ。そんなに寝ていたのですね。道理で……」

さっきパンチした時、爽快感がなかったのはそのせいですか。

これはしっかり鍛え直さないとダメですね。

威力が三割減では、いざという時思い切り殴れませんし。

「医者に診せても原因がわからないと言うし、もう目を覚まさないかもしれないと思ったではないか、このバカ者め……！」

そう言って私の手を取ったお兄様の指は、微かに震えていました。

大袈裟なんだから……とは言えませんね。

事情があったとはいえ、お兄様に心配をおかけしたことは事実ですし。

「ごめんなさい」

「そんなことを言っても、どうせまた無茶をするのだろう？　兄不孝な妹だよ、お前は」

「お兄様に心配をおかけするつもりはありませんでした。いまとなっては、無茶なことをしたと反省しております。どうかお許し下さいませ、お兄様」

「そうか……では、もう誰も殴らないと誓える――」

「それは無理です」

「食い気味に即答するんじゃない！」

ふふ、お兄様ったら。なんだかんだと私に甘いのですよね。

夜会でご令嬢の方々につけられてしまった〝冷血の君〟の二つ名が泣いていますよ？

でもそんなお兄様が、私は大好きです。

「もうお前を舞踏会になど、二度と出席させんぞ！　わかったな！」

「しかしお兄様。夜会に行けなくなると、お嫁に行きそびれてしまいますが」

ああ、そういえばカイル様との婚約破棄の件はどうなったのでしょうか。

それにカイル様を含め、まったく後先考えずにたくさんの人を殴り倒してしまいました。あの方々のその後も、気にならないと言えば嘘になります。

ちょうどその時、開きっぱなしになっていたドアから、ジュリアス様が顔を出しました。

「ようやく眠り姫がお目覚めのようだな。舞踏会の件で色々と気になることもあるだろう。私が説明してやる、と言いたいところだが……」

壁にめり込んで痙攣（けいれん）しているメイドを一瞥（いちべつ）して、ジュリアス様が真顔で口を開きます。

「なあレオ。お前の妹の部屋では、随分と前衛的な芸術品を飾っているのだな。最近のご令嬢の間ではこのようなものが流行（はや）っているのか？」

「おい、誰か……そこのメイドを壁から抜いてやれ」

頭を抱えて言うお兄様に、ジュリアス様はぷるぷると肩を震わせていました。

なに笑ってるんですか。ブン殴りますよ。

そのあと普段着に着替えて客間に移動した私は、ジュリアス様とお兄様の向かいの席に座ります。

時刻はもうお昼過ぎ。

テーブルの上には、執事が運んできたポットとティーカップが置かれていました。

雑談しているお二方を横目に、私は紅茶を一口いただきます。

長らく寝ていたせいですっかり水分不足だった私には、普通の紅茶がいつも以上に美味しく感じられました。

「……さて、どこから話せばいいかな」

膝の上で指を組んだジュリアス様が、いつもの気怠そうなお顔でおっしゃいました。

「そうですね。ではまず、私の婚約破棄の件についてお聞かせ願えますか」

私の問いにうなずいたジュリアス様は、王家の紋章が押印された書簡を取り出し、テーブルの上に広げます。

「カイル・フォン・パリスタンとスカーレット・エル・ヴァンディミオンの婚約解消を、王家は正式に取り決めた。これがその書類だ。当然ではあるが、貴女の父上であるヴァンディミオン公爵閣下にもすでに了承はいただいている」

「そう、ですか」

「十年間、我が愚弟が散々迷惑をかけたな。ご苦労であった」

「……いえ」

喜ばしいことではあるのですが。

貴族の娘としては、結構致命的なことなのですよね、これ。

婚約を破棄された、いわゆる傷物の女を嫁にもらうなんて、醜聞をなによりも嫌う貴族の方々は絶対に嫌がります。

それに、気になることがひとつ。

貴族の一人娘なんて、政略結婚の道具として扱われるのが世の常です。だからお父様は、王族との婚約にこだわっていたようでした。だというのに……

「貴女の考えていることはわかる。カイルとの婚約に執着していたヴァンディミオン公爵が、なぜこんなにもあっさり身を引いたのか、気になっているのだろう」

「まあ、それもあります」

「あそこにいた第二王子派のほとんどは、元より奴隷の不法所有や人身売買など様々な容疑があり、私達もマークしていた。そもそも自分達の権益が脅かされることを恐れて、カイルを祭り上げようとしていた連中だ。貴女が王妃になれば、粛正されるとでも考えたのだろう。まったく、愚かなことだ。あれらについては、これを機に、一斉に取り締まることになった。父上も頭を抱えていたよ。バカなことを、とな。それと、貴女に謝罪の言葉も口にしていた。バカ息子のせいで長年苦労をかけてしまって申し訳ないと」

あら、随分とお優しいのですね、陛下は。

私としては、思う存分欲求不満を解消できたので、むしろその機会を与えてくれたことに感謝したいくらいなのですが。

「カイルはすでに廃嫡が決まっている。父上の温情によって処刑だけは免れたが、これからは離宮で幽閉されて生きることとなろう。よって、貴女との婚約も破棄……と言っては聞こえが悪いな。解消せざるを得なくなった。事の次第は以上だ」

ご愁傷様です、カイル様。

もう一生会うことはないでしょうが、どうか安らかに余生をお過ごし下さい。

「私としては、願ったり叶ったりですが、いいのですか？　私のことはお咎めなしで」

「咎めなどするものか。ヤツらは全員自業自得だ。それよりも、ヴァンディミオン公爵家との関係をどうやって修復するかのほうが大切だ。特に貴女の存在価値は、我が国にとって計り知れないからな。自由の身になったからといって、いい加減な貴族の家や、ましてや他国に嫁がれては困る。まったく、我が弟ながら、とんでもないことをしでかしてくれたものだ。貴女を王家に繋ぎ止めておくことだけが、不出来なあれの唯一の存在意義だったというのに」

面倒くさそうに顔を顰めて、チッと舌打ちをするジュリアス様。その様子を見ていると、自然に顔がほころんでしまいます。

あら、いけない。人が不快がる顔を見て喜ぶだなんて。

「随分と買われているのですね？　私のことを」

「なんだその満面の笑みは。当然だろう。愚かな弟を失うことなど痛くも痒くもないが、貴女を失うことは絶対にあってはならないからな」

「……？」

お兄様が怪訝な表情でジュリアス様を見ています。

ああ、お兄様は表向きの事情しかご存知ないのでしたね。

私とカイル様の婚約は、公爵家と王家の繋がりを強固なものにし、国としてさらに磐石な体制を築くためだとしか、聞かされていないのでしょう。

けれど、実は別の事情があるのです。

お兄様にだけは事情をお話ししておきたいのだけれど……こればかりは私の一存では決められません。お父様かジュリアス様がお話ししてくれればいいのですが。

まあ、いずれお伝えできる日がくるでしょう。

「ご心配されなくとも、あれだけ大勢の前で婚約破棄されて、その上暴力事件まで起こした私をもらって下さる家など、そうそう見つかりはしませんよ」

「貴女には悪いが、国内の情勢が落ち着くまでは独り身でいていただこう……なあに、そう悲観的にならずともいいぞ？　女としての幸せは遠のいたかもしれないが、その代わり、別の得難（えがた）いものを手に入れることができたのだからな」

「はい？」

ニヤリと口元を歪（ゆが）ませて、ジュリアス様が微笑みます。

あ、これは意地悪を言おうとしている時のお顔ですね。

定期試験で私を煽（あお）った時と同じ、他人の嫌な顔を引き出そうとしている時の表情。

この表情を見るたびに、寮の自室の壁に穴を空（あ）けてしまったものです。

「貴女の大立ち回りは、あちこちで話題になっているぞ。散々私腹を肥（こ）やしていた悪徳貴族どもを、拳（こぶし）ひとつで血祭りにあげて牢獄にブチ込んだ英雄として、いまや市井（しせい）でも語り草となっているらしい。返り血を浴びて一人佇（たたず）むその姿は恐ろしくも美しく、ついた二つ名が〝鮮血姫〟だそうだ。あの場にいた第二王子派ではない貴族達や、使用人達が噂を広めたのだろう。よかったな国民の英雄、鮮血姫スカーレット殿」

ジュリアス様のお話の途中から、お兄様は両手で顔を覆って天を仰いでおられました。

お兄様ったら、私の善行が評価されたのが、泣くほど嬉しかったのね。

「ああ――っ！　せっかく狂犬姫などという物騒な二つ名が忘れ去られたというのに、妹にまた新たな二つ名が……っ！　しかも今度は市井にまで広がってしまうなんて……！　私は父上になんと報告すればいいのだ……！」

ジュリアス様の含み笑いと、お兄様の慟哭が客間に響き渡ります。

舞踏会でのことが市井にまで広まっているということは、おそらく学院にいる友人達にも伝わっているでしょう。

きっと心配していますわね。今度、きちんと説明しなくては。

まあ、これからは彼女達と過ごす時間を好きなだけ持てるのです。そんな日がくるなんて、カイル様の婚約者だった頃は想像もしませんでした。

やっぱりみなさまを殴ってよかった。

これからも我慢せずに、腹が立ったらすぐ殴りましょうね。

「さて、これからこの国は忙しくなるぞ。なにしろ、舞踏会の一件をきっかけに、上位貴族達の罪が一斉に摘発されたからな。中には、国の方針を定める定例議会に参加していた要人もいたのだ。多くの人員は入れ替わるだろう。そして――」

一口紅茶を啜ってから、ジュリアス様は真剣な表情で口を開きました。

「それと並行して、第二王子派のバカどもをまとめていた宰相――ゴドウィン・ベネ・カーマインを、なんとしてでも処罰しなければならん。これは骨が折れるぞ」

ゴドウィン・ベネ・カーマイン様。

王宮で一度だけお会いしたことがありますね。

目つきが鋭く、鼻が尖っていて、顎がしゃくれたお方でした。頬がこけている割に、お腹はでっぷりと突き出ていて、とても殴り甲斐がありそうないいお肉をしていらっしゃいましたね。

ご挨拶をした際に、全身を舐め回すように見られたのを覚えています。

「第二王子派の貴族達は、全員が全員、他人の足を引っ張り、自分だけが得をしたいと考える俗物ばかりだ。そんな者達があのように結託し、組織的にカイルを国王に推すなど、どう考えても怪しいだろう？」

ジュリアス様に続いて、レオお兄様も話し始めます。

「国王陛下とジュリアス様は、第二王子派の裏には誰か、あの者達をまとめられるような求心力のある人物……つまり黒幕がいるに違いないと考えた。そこで時間をかけて調査し、汚職にまみれた王宮の役人達を一掃する計画を立てられたのだ」

「その計画を実行するため、レオには現在、王宮秘密調査室の室長として働いてもらっている。ただ、この機関は私と父上が数年前に創ったもの。設置はまだ議会の認可を得ていない。公的に発表するのはもう少し先の話になるので、くれぐれも他言無用で頼む」

なるほど。お父様の補佐として、王宮勤めしていると言っていたお兄様。具体的になんのお仕事をしているか教えて下さらなかったのには、そういった事情があったのですね。それに――

「お兄様のお顔が以前より険しくなっているように感じられたのは、日頃からジュリアス様のお傍にいらっしゃったからというわけですか。納得しましたわ」

「おい、人聞きの悪いことを言うな。私がレオを弄るのは、ここぞという時だけだからな。むしろお前がレオの顔を険しくしているのではないか？　ことあるごとに、スカーレットがなにかしでかしていないだろうかと気にしていたからな」

「なにを勘違いしていらっしゃるのかしら。お兄様は、学院で寮暮らしをする私が寂しくしていないかと、気にかけて下さっていたのですよ？　一国の王子ともあろうお方が、言いがかりとはみっともないですね。そうは思いませんか、お兄様」

「はっきり言ってやれ、レオ。誰のせいで心労が絶えず、王宮の薬師に胃薬を処方してもらうようになったのかをな。妹だからと甘やかすのも大概にしろよ、まったく」

「貴方達二人のせいですよ……」

またお兄様が両手で顔を覆っていらっしゃいます。

やっぱり心配ですね。

なんとかしてジュリアス様とお兄様を引き離さないと。

「それにしても、宰相様はなぜそのようなことをなさっているのかしら。第二王子派の方々を扇動していたのは、てっきりカイル様かと思っていましたが」

「あの愚か者は旗印にされたにすぎん。あれ一人の力では、一時的に金や権力をチラつかせて連中を言いなりにはできても、すぐにコントロールが利かなくなり、派閥は瓦解するだろう。バカだからな」

散々な言われようですね、カイル様。

バカというのには全面的に同意しますけれど。

「私達は第二王子派の内情を知るために、調査室からある人員を潜入させていたんだ。これから紹介しよう。貴女も彼には見覚えがあることだろう」

「さて、どなたでしょう――」

ガチャリ、とドアが開き、騎士団の制服を着た殿方が客間に入ってきました。

「シグルド・フォーグレイブ。騎士団長であるバルムンク卿のご子息だ」

「スカーレット様、ご機嫌麗しゅうございます」

「まあ……貴方が」

学院でいつもカイル様のお傍にいらっしゃった、取り巻きのシグルド様ですね。

以前から、このような真面目でまっすぐなお方が、なぜカイル様と一緒にいらっしゃるのか不思議でしたが、第一王子派のスパイだったというわけですか。

「シグルドには表向き、カイルの学友兼、護衛として行動をともにしてもらっていた。裏で貴族どもをまとめているのが宰相だとわかったのも、シグルドの貢献があってこそだ」

「恐縮でございます、殿下」

ジュリアス様に礼を取ったシグルド様が、私に向き直ります。

私と目が合った彼は、紫色の瞳をわずかに揺らして、バツが悪そうに視線を逸らしました。

「申し訳ございません……任務だったとはいえ、学院ではスカーレット様にたびたび無礼な振る舞いをしてしまいました」

ああ、そのようなことを気になさっていたのですね。

別にシグルド様本人になにかをされたわけではありませんし、私はまったく気にしていませんでしたが……わざわざ謝られると、なんだか少しからかいたくなってしまいますね。

「ふふ。誠に見事な演技でしたわ。てっきりシグルド様はカイル様に絶対の忠誠を誓っていらっしゃるのだと思っておりました。騎士様には役者の才能がおありですのね？」

「も、申し訳ございません……」

「おい、妹よ。任務故に仕方なかったのだ。あまり彼をいじめてやるな」

お兄様に怒られてしまいました。

でも、私は純粋に感心しているのですよ。

私が肩をすくめていると、ジュリアス様が口の端を吊り上げながら、愉快そうにおっしゃいました。

「くくっ。なんだ、こいつがカイルといた時にした仕打ちをまだ根に持っているのか？　ならばいまここで清算してもいいのだぞ？　特別に私が許そう」

「ジュリアス様!?　滅多なことをおっしゃらないで下さい！　妹が本気にします！」

「あら、殴ってもいいのですか？」

間髪を容れずにそう言うと、お兄様がすぐさまグルンと首をこちらに回転させました。

「スカーレット!?　やめろ！　殿下の戯言を本気にするな！」

腕まくりする私を止めるべく、お兄様が割って入ろうとします。

嫌だわ、お兄様。ちょっとした冗談ですのに。

「どうぞ。思い切り殴って下さい」

一方のシグルド様はそうおっしゃると、私の前に進み出て頬を差し出します。

お兄様の首が、今度はシグルド様のほうにグルンと回転しました。お忙しいこと。

「シグルド!? いまのはジュリアス様の悪い冗談だ！　本気にするんじゃない！」

「いえ。このままでは俺の気がすみません。学院でスカーレット様がカイル様から酷い仕打ちを受けているのを目の当たりにしながら、俺はすべて黙認してきました。任務だったからという言い訳をするつもりはありません。その拳、甘んじてこの身に受けましょう」

射貫くようなシグルド様の目が、まっすぐに私を見ていました。

「いい覚悟です」

冗談のつもりでしたが、考えが変わりました。

「バカな……本気なのか、お前達」

「ご心配なく。さあ、スカーレット様」

シグルド様の表情から、その覚悟が本物だと見て取ると、お兄様は大きくため息をついて身を引きました。

私は一歩距離を取ってから、大きく拳を振りかぶります。

「では、いきますよ。歯を食いしばりなさい」

「……っ」

顔を強張らせたシグルド様の頬に、ぺちり——と、拳が触れるだけのパンチをしてやりました。

「はい、これで全部チャラです」

「……は？」

ポカンと口を開けるシグルド様。

ふふ、驚いていらっしゃいますね。

私が本気で殴るとでも思ったのでしょうか。

もうっ、これでも十七歳の嫁入り前の乙女なんですからね。

「私が学院で、カイル様だけでなく、その取り巻きの方々からも嫌がらせされそうになった時のことを覚えていらっしゃいますか？　貴方はいつも『カイル様以外の方が、このお方に触れるのは許されていない』と言って、退けて下さったでしょう？」

いま思えばあれは、彼なりの罪滅ぼしだったのでしょうね。

「し、しかし！　それは騎士として当然のことで！　それとこれとは話が――」

「ですからその借りの分、手加減をさせていただきました。この一発で、私の遺恨はすっかり晴らされたということでお願いします。……それじゃダメ、ですか？」

「……っ」

小首を傾げて私が問うと、シグルド様は口元を手で押さえて、お顔を伏せてしまわれました。

どうなさったのかしら。

まさかいまの一発でお口を切ってしまわれた……？

「……スカーレット様。貴女がそう望むのであれば、そのように」

私に向き直り、毅然とした表情で告げるシグルド様の頬は、やっぱりほんのりと赤くなっていました。

私が「大丈夫ですか？　痛かったですか？」と尋ねると、不自然なほど大きなお声で「大丈夫です！」と返されるシグルド様。

それを見たジュリアス様はなぜか笑いっぱなしで、お兄様はムッとした表情をしていらっしゃいました。

一体なぜみなさんがそのような反応をなさっているのか、私には見当もつかず、さらに首を傾げることに。

殿方の世界というのは、わからないことばかりですね。

そのあと、シグルド様から潜入中に見聞きした第二王子派の動きについて教えていただきました。

「少々疲れましたので、席を外させていただいてもよろしいでしょうか」

あらかたの情報を得た私がそう言うと、お兄様が心配そうなお顔でおっしゃいました。

「ああ。まだお前は病み上がりだ。部屋でゆっくりと休んでいなさい」

「お気遣いありがとうございます、レオお兄様。それではジュリアス様、シグルド様。お先に失礼いたします」

「うむ。労れよ、スカーレット」

「お大事になさって下さい、スカーレット様」

お三方に会釈をして客間を出た私は、満足して口元に笑みを浮かべます。

舞踏会のあとの顛末も聞けましたし、面白いこともわかりました。

まさか宰相様が黒幕だったとは。

シグルド様のお話では、今回の婚約破棄の一件に彼が直接関与していたかどうかはまだわかっていないそうです。ただ、カイル様があそこまで増長したのは、幼少期からいまに至るまでお傍に控え、あることないことを吹き込んでいた宰相様のせいだとのことでした。

カイル様のような愚者を担ぎ上げ、いずれは裏から国の実権を握ろうとしていたようですが。

これってどう考えても、罰せられるべき悪ですよね?

しかも地位と権力にモノを言わせて悪事を握り潰し、王宮秘密調査室にも決定的な証拠は掴ませないのだそうです。

なんと恐ろしくも狡猾なお方なのでしょう!

……とまあ、それはさておき。

悪の権化である宰相様が不慮の事故で、どこかの誰かに理不尽にボコボコにされたとしても、その大義名分は後々いかようにでも立てられますよね。

これって、溜まりに溜まった私の鬱憤を晴らす、絶好の機会じゃないですか。

そもそも、ゴドウィン様さえ余計なことをしなければ、カイル様もあれほど増長せず、私もここまで苦しめられずにすんだということでしょう?

ということは、制裁すべき真の敵はカイル様ではなく、ゴドウィン様ではないですか。

これはもう、許しておくわけにはいきません。

世のため人のため。

私自らの手でもって、悪徳宰相様を制裁しなくては。

「セルバンテス。セルバンテスはいますか」

ドレスから執事を呼び出すための鈴を取り出し、それを鳴らしながら声を上げると、執事服を着た白髪(はくはつ)の男性が現れ頭を下げました。

「はい、お嬢様。お呼びでしょうか」

執事長のセルバンテス。

彼はもう五十になる身でありながらも、長身かつ引き締まった肉体を持っております。ヴァンディミオン公爵家が最も信頼を置く執事です。

「私においいたをしたメイドはどうしていますか？」

「縄で縛り、物置小屋にて拘束しております。そろそろ意識を取り戻す頃かと」

お兄様やジュリアス様とお話をしている途中、ふと考えていたことがあります。

それは、第二王子派の上位貴族達が大勢お縄になったこのタイミングで、私の命が狙われたということについてです。

捕まった方々のお仲間が腹いせに刺客を雇ったのか、それとも別の理由によるものか。

なんにせよ、これは偶然と呼ぶにはあまりにできすぎたお話でしょう。

これはするしかありませんね、尋問。

一度やってみたかったですしね、尋問。

「ご苦労様です。私はあのメイドと少しお話をしてまいります。ただ、お兄様やその他の方々にはくれぐれもご内密にお願いしますわ」

「承知いたしました」

頭を下げるセルバンテスに手を振り、物置小屋に向かおうとした時、背後から誰かが早足で追いかけてくる音が聞こえました。

「あの！　スカーレットお嬢様！」

振り返ると、息を切らせたメイドの一人が不安そうな表情で立っています。

彼女は深く頭を下げてから顔を上げ、堰を切ったように話し出しました。

「本当なんですか？　ナナカがお嬢様のお命を狙っただなんて……私、信じられなくて。あんなに仕事熱心でいい子が、そんな……」

「ナナカ？」

私が問い返すと、隣に立っていたセルバンテスが口を開きます。

「お嬢様、物置に拘束している黒髪のメイドの名前でございます」

ああ、ナナカというのですか。

黒髪に加え、名前もまた珍しい響きですね。どこかの異民族の子供なのでしょうか。

「ナナカは口数が少なくて、無愛想な子なんですけど……それは感情表現が下手なだけで、本当は他人を思いやることができる、とってもいい子なんです！　私、ドジだから仕事でよくミスをして。その時いつもナナカが励ましたり、陰ながらフォローしたりしてくれて……」

必死で擁護する彼女を見ている限り、随分と同僚に好かれていたようですね、あの子は。自分の命を狙った暗殺者に対してこんな感想を抱くのもどうかとは思いますが、そんなに悪い子ではないのかもしれません。

ベッドの上で目が合った時、申し訳なさそうな表情を浮かべているようにも見えましたし。

「セルバンテス。ナナカというのは、どんなメイドだったのですか？」

「三ヶ月ほど前に、王宮ご用達の由緒あるメイド協会から派遣されてきた、異民族の娘です。無愛想で口下手なきらいはありましたが、仕事は丁寧かつ迅速で、ご当主様からも信頼を得ているようでした」

「客観的な評価はさておき、長年執事長を務めてきた貴方の目から見て、ナナカはどんな風に見えましたか？」

「……それは」

眉を顰めて、セルバンテスが困った表情で言葉を濁します。

珍しいですね、彼がそんな反応をするというのは。

「遠慮しなくていいわ。忌憚のない意見を述べなさい」

「いままでも何人か、お嬢様やレオナルド様、ご当主様のお命を狙う暗殺者を取り押さえてきましたが……あのメイドは、とても暗殺者には見えませんでした。ですが、そういう風に人を騙し、相手に取り入ることも技能のひとつであると考えれば、納得もいきます。短期間でこの家に馴染みすぎていましたから」

なるほどなるほど。

あのメイドの正体が大体わかってきましたね。

あとは実際に会って確かめるだけです。

そんな私に、メイドは必死に訴えてきます。

「もしナナカがお嬢様の命を本気で狙ったのだとしても！　きっと、なにかそうせざるを得ない事情があったんだと思うんです！　病気の妹を救うためにやったとか、脅されてやったとか……だから、ナナカを許してあげて下さい！　お願いします！　お嬢様！」

「出すぎたことを言うんじゃない。どんな事情があったとしても、お嬢様のお命を狙った者を許すわけにはいくまい。たとえお嬢様が許したとしても、レオナルド様やご当主様が許さないだろう。ナナカのことは諦めなさい」

「ですが、執事長……！」

言い合いを始める二人に微笑みかけ、私は穏やかな口調で言いました。

「安心なさい。お兄様達は壁にめり込んでいる姿しか見ていませんもの。あの子が暗殺者だということを知っているのは、私と貴方達だけです。役所に突き出しはしませんよ。ただ裏に誰がいるのか、真相を聞かせてもらうだけです」

まあ、ほとんど答え合わせのようなものですが。

「私一人でまいります。他の者を決して物置小屋に近づけないように」

「お嬢様であれば万が一のこともあり得ないとは思いますが、お気をつけて」

「お嬢様、ナナカをどうか、よろしくお願いします……！」

使用人二人に見送られた私は、迷わず歩を進めて、離れにある物置小屋に着きました。

扉の鍵を開けると、真っ暗な室内に陽の光が差し込みます。

普段から欠かさず掃除しているおかげか、棚や調度品が整然と立ち並び、埃ひとつ舞っていません。その部屋は、物置小屋らしからぬ清潔さを維持しておりました。

さて、お転婆なメイドはどこにいるのかしら。

「あら……？」

部屋の奥に進むと、脱ぎ捨てられたメイド服と縄が落ちています。

いけませんね、こんな容易に抜けられるようでは。

「ガルゥッ！」

その時。突然、獣の吠える声とともに、物陰から真っ黒ななにかが飛びかかってきました。

「おすわり」

「キャンッ!?」

ゴスッという鈍い音と、肉を叩く感触。

飛びかかってきたなにかを私が手刀で叩き落としたのです。

いけませんね。このように殺気がダダ漏れの上に、わざわざ声まで上げるなんて。

殴ってくれと言っているようなものです。

「セルバンテスが教えたはずですよ。我が家のメイドたるもの、気を乱さず、無駄口を叩かず、足音を立てず、そして――」

屈み込み、叩き落としたそれに視線を合わせます。

闇に溶け込む漆黒の体毛。

暗闇においても十分に機能するであろう、美しい琥珀色の瞳。

身体の大きさは、猟犬と同じくらいでしょうか。

「――常に主の期待に応える者であれ、と。覚えていますか？　獣人族のナナカ」

獣人族。

黒い髪と琥珀色の瞳を持ち、狼の姿に変身する能力を有する亜人種ですね。

森の賢人エルフ、炭鉱の職人ドワーフなど、このロマンシア大陸には人間以外にも多数の亜人種が暮らしています。

獣人族はその中でも数が少なく、森の奥で人目を避けるようにひっそりと暮らしているため、普通に生きていればまず出会うことはない、珍しい種族。

私も見るのは初めてです。

脱ぎ捨てられたメイド服がなければ、どこかの野良犬が迷い込んできたと勘違いするところでした。

「グルルゥ……！」

「そんなに警戒しなくても大丈夫ですよ。私はただ、貴女とお話をしに来たのですから」

警戒するように、黒狼の姿をしたナナカが後退ります。

まあ、殴ってからお話がしたいなんて言っても、説得力はありませんか。

「まだじゃれつきたいというなら、遊んであげるのもやぶさかではありませんわ。ただ私、腐った貴族の方々を殴るのは好きなのだけれど、動物を殴るのはあまり気が進まないのよね……可哀相だもの。もし遊びたいのなら、せめて人間の姿になっていただけるかしら。それならば、貴方を殴り飛ばせますから」

「……ウゥッ」

小さく唸り声を上げたナナカが、獣の姿から人の姿に戻ります。

警戒を解く気はないと言わんばかりに、片手でナイフを構えてはいますが、一応会話に応じてくれる気にはなったみたいですね。

「獣人族はそのようにして姿を変貌させるのですね。知識としては知っていたけれど、実際に見るのは初めてですわ」

しげしげとナナカを見つめる私に、彼女は怪訝な表情をしながら答えました。

「……お前は本当に、この家の娘なのか？」

「あら。私がスカーレット・エル・ヴァンディミオンだからこそ、暗殺しようとしたのではなくて？」

「……お前のように、なんのためらいもなく人を殴る貴族の娘なんて、いままで見たことがない」

「まあ、失礼なメイドね……って、あら、貴方……」

人の姿になったナナカは、まあ当然裸なわけです。

私よりも小柄ですすし、胸の大小はまあ、仕方ないとしましょう。

ですがその、なんといいますか……

「男の子だったのですね」

殿方のモノが、ついていらっしゃるわ。

メイド服なんか着ていたものだから、てっきり女の子だと思っていました。

身体は華奢で、顔立ちもあどけなく、まるで少女のようですし。

「……女だと言った覚えはない」

「任務のために女装までしないといけないなんて、暗殺者も大変ですわね」

「……少女の格好をしていれば、周囲が油断して仕事が楽になる。ただ、それだけのことだ」

「獣人族は確か、魅了と欺瞞の魔法を得意としていましたわね。道理で警戒心の強い我が家の使用人が、みんな貴方を信用するわけです。使用人達に魔法を使ったのでしょう?」

「……答える必要は、ない。僕はお前を……殺す」

姿勢を低くして、ナナカがナイフを逆手に構えます。

わかっていたことですが、素直に話す気はありませんか。

この様子だと、いくら殴っても雇い主のことは吐きそうにありませんし。

さて、どうしましょうか。

「そうすることしか……僕にはできないから……」

暗い声音でつぶやくナナカ。その時、彼の左胸の辺りになにか焼印のようなものが刻まれているのに気がつきました。

「それは、貴方が奴隷だから、ですか？」

心臓の辺りに刻まれた焼印――それは奴隷紋でした。

刻まれた者に、契約者への絶対服従を強いる呪術式。

これがある限り、この子は絶対に雇い主を裏切ることができません。

「……だったら、なんだというんだ？」

この刻印から奴隷を解放する手段は二つ。

それは契約者が奴隷の契約を解除するか、死ぬことです。

この子を飼っているのが誰かはわかりませんが、その人物がここにいない以上、ナナカを奴隷紋から解放することは不可能。

――と、言いたいところですが。

「もし私が貴方を解放できたら、雇い主のことを洗いざらい吐いてもらえますか？」

「……できもしないことを。そうやって貴族は、甘い言葉ですぐ僕達を騙そうとする。もう騙されるものか」

「さて、それはどうでしょう。で、どうなんですか？　話すのか、話さないのか」

私の真面目な口ぶりに、ナナカは怪訝な表情を浮かべます。

普通に考えれば、そんなことはできるはずがないのですから、戸惑うのも当たり前でしょうね。

「……ふん。やれるものならやってみろ。ただし、いますぐ、ここでだ。もし解放できたなら、なんでもお前の言うことを聞いてやる。そんなこと、あり得ないがな――」

「わかりました。それでは契約成立ということで」

私は足を踏み出し、突き出されていたナイフを手の甲で払い除けます。

「……っ!?」

「――ごめん遊ばせ」

そのまま彼の懐に入り込み、ドン、と突き飛ばして――彼を床に押し倒すことに成功しました。

強引に押し倒された衝撃で、ナナカの顔が苦痛に歪みます。

「乱暴にしてごめんなさいね。ですが、こうでもしないと貴方は私を襲わずにはいられないでしょうし。まあ、少しの間ですから我慢して下さいませ」

暴れられても面倒ですし、さっさとやってしまいましょうか。

「ぐっ……な、なにをする気だ！」

「なにって、先ほど言った通りですわ。いまから貴方を奴隷の身から解放します」

ナナカの上に馬乗りになった私は、速やかに奴隷紋の上に両の手の平をかざします。

これを使うのは久しぶりなので、加減を間違えないか少し心配ですが……

まあ、なるようになるでしょう。

それに、時々使っておかなければ、いざという時に使いものにならない可能性もありますし。

「――〝遡れ〟」

私がそう唱えると、手の平から光の粒子が漏れ、暗い物置小屋に緑色の輝きが溢れます。

空気中に溢れた光は、私とナナカの身体を中心に渦巻くように動き――

やがて何事もなかったかのように手の平に収束して、辺りは再び暗闇に包まれました。

「……どうやら、うまくいったようですね」

ナナカの胸から手の平を離し、立ち上がります。

「いまの光は……？」

ナナカは自分の胸に手を当て、そこにあるはずのものが消えていることに気がつくと、目を大きく見開きました。

「……奴隷紋が、消えた？」

「正確には消えたのではなく、元ある形に戻しただけですけどね」

――〝遡行の力〟。

ありとあらゆる物体を、元ある形に遡らせる、時の神クロノワの加護。

これこそが、世界で唯一私だけが持っている奇跡の力であり、王家が私をこの国に繋ぎ止めておきたい理由です。

人は、数多存在する神様のどなたかに祝福されて、この世に生を受けます。

ほとんどの人は、自分がどの神様から祝福されたのか気づくことなく、その一生を終えるもの。けれど時折、自らが授かった祝福を自覚し、神々の力を発現できる者が現れます。

その力のことを加護と呼び、加護を使える人間は歴史に名を残すような英雄として讃えられてきました。

ロマンシア大陸では、ほぼすべての人々が魔法を使うことができますが、加護を使うことができる人間はとても希少です。

獣人族以上の希少種ですね。

中でも、クロノワの加護は少々特別で、国も重要視するほど。そのため、ごくわずかな人以外には、動きを加速させる力――〝加速〟のみ公表しています。お兄様にでさえ、遡行やその他の力のことは伝えておりません。

さてこの加護ですが、一見なんでもできそうな神の御業に思えますけど、実際には色々と使い方に制約があったり、扱いが面倒だったりするので、万能というわけではありません。

その最たる例が、人が人であるために必要な魂の力――生命力を消費するというものです。

消費しても時間が経てば回復するものですが、短時間に使いすぎれば死に至ります。舞踏会の一件では、悪徳貴族の方々を殴るために〝加速〟を使っていました。その結果、意識を失ってしまったというわけです。

今回はナナカの協力を得るため、特別に加護を使いましたが、そういった事情から普段はあまり多用しないようにしております。

　まあ一度使うぐらいなら大丈夫。

「では、約束通り洗いざらい吐いてもらいましょうか」

「……お前は約束を守った。ならば、僕もそれに応(こた)える義務がある。獣人族は一度交わした約束は決して破らない。だから言う」

　ナナカは近くに脱ぎ捨ててあったメイド服を拾って身体を隠すと、先ほどよりは幾ばくか警戒心を緩(ゆる)めた表情で言いました。

「……お前の暗殺を依頼した僕の雇い主(ぬし)は――この国の宰相、ゴドウィン・ベネ・カーマインだ」

第四章　これは淑女の嗜みですわ。

ヴァンディミオン公爵家から、馬車で三日ほど。

王都の外れにひっそりと存在する貧民街。その中でも特に治安の悪い地区に、私達は足を踏み入れました。

周囲を見回せば、いまにも崩落しそうな石造りの家が立ち並び、道端には昼間だというのに、酔い潰れた殿方が倒れています。

路地を歩けば、みすぼらしい格好の子供達が物乞いに寄ってきて……

頭上に広がる爽やかな青空とは対照的に、どんよりと澱んだ空気を醸し出すこの場所で、私は驚きを隠せませんでした。

まさか、華やかな王都のすぐ傍に、こんな世界が存在していただなんて。とても現実のものとは思えません。

「見て下さい、ナナカ。あの朽ちて蔦を纏った建造物。まるで千年の時を経た遺跡のようですわ。端のほうを少し壊して、持ち帰ってもいいかしら」

「……人の家だから。壊したらダメだ」

「見て下さい、ナナカ。先ほど物売りの子供から、金貨一枚でミスリルの鉱石を売ってもらいましたの。こんなくすんだ色のミスリルなんて初めて見ましたわ。布で磨けば光るでしょうか？」

「……ただの石ころだ。磨いても布が汚れるだけだぞ」

「見て下さい、ナナカ。先ほど露店で串揚げなる食べ物を買いましたの。嗅いだことのないような香ばしい匂いですわ。この肉は鶏肉かしら？　とても美味しそうですわね」

「……それ、ドブネズミの串揚げだ。食べたら腹を壊すからやめておけ」

「えいっ」

「ぐぎゃぁ!?」

私がすれ違った殿方を殴りつけると、ナナカがぎょっとした表情で振り返りました。

「……!?　なんでいきなり殴ったんだ……!?」

「え？　だって、私のお財布をこっそり盗もうとしたんですもの。大丈夫、手加減しましたわ。一発ですませるのは、もったいないですものね」

「ひっ!?　助けてくれー！　殺される！」

「……頼むから、大人しくしていてくれないか？」

盗人の胸ぐらを掴む私を見ながら、真っ黒な執事服を着たナナカが、呆れた顔でつぶやきます。

ちなみに、私は外出用の動きやすい黒のドレスで合わせておりますわ。

これは家にあった華美なものではなく、ここへ来る途中で購入したドレスです。

極力地味なものにしたのは、身元がわからないように変装するため。

これで私が公爵家の令嬢だと気づく人はいないでしょう。

ところが、私の完璧な格好にケチをつけるお方がいらっしゃいました。

「見ろナナカ、あの自信満々な顔を。あれで変装したつもりでいるらしい。どれだけドレスの格を落とそうが、これほど目立つ銀髪をしていれば、正体など丸わかりだというのにな」

「……自信満々な顔？　僕には無表情にしか見えないけど」

仕立てのいい貴族風の服に身を包んだジュリアス様が、わざと私に聞こえるようにナナカに耳打ちしています。

相変わらず人を挑発することが大好きですね、貴方は。

「人のことを言えたものですか。貴方の正体こそ丸わかりでしょう。そもそも、貴方のように無駄に気品があって偉そうな殿方なんて、この王都にはおりませんよ。というか、国民みなが知っているのですから、真っ先にそのお顔を隠すべきだったのでは？」

「息苦しいから嫌だ。なに、金髪碧眼の男など、この王都には腐るほどいる。それに、こう見えて私は演技派を自負していてな。変装などしなくとも、どこかの誰かと違って、絶対に気取られない自信がある。まあ見ていろ」

　そう言って、ジュリアス様は堂々と道を歩いていきました。すると――

「あー！　この兄ちゃん王子様じゃんー！」

「ホントだー！　おい王子ー、金恵んでくれよー！　贅沢してんだろー！」

　一瞬でバレてるじゃないですか。しかもスラムの子供に。

　私とジュリアス様の様子を半目で見ながら、ナナカがため息混じりに口を開きます。

「……まるで観光気分だけど。お前達、目的は忘れてないだろうな？」

　まあ、心外ですわね。ジュリアス様はともかくとして、私は至極真面目です。

「もちろん、わかっています。ゴドウィン様と繋がりのある奴隷商に渡りをつけるために、仲介人に会うのですよね。それにしても、王都から目と鼻の先にあるスラムで、法律で禁止されている奴隷の売買をするなんて。一体どれだけ下衆なお方が出てくるのかしら。楽しみですわ」

「やれやれ、楽しみときたか。そんなことだから、観光気分だと言われるのだぞ、銀髪の貴婦人。貴女はもう少し危機感を持つべきだな」

「あら、そういう貴方こそ、先ほどから妙に上機嫌に見えますけれど。はしゃぎたい気持ちもわかりますが、ただでさえ目立つのですから、くれぐれも大人しくしていて下さいませ、金髪の殿方」

ジュリアス様のひねくれっぷりときたら困ったものですね、本当に。

微笑み合う私達に、ナナカは完全に呆れています。

「……仲がいいのは結構だけど、二人ともくれぐれも揉め事は起こさないでくれ」

「ですって。ご理解いただけましたか、金髪の殿方」

「いまのは貴女に言ったのだぞ、銀髪の貴婦人」

ナナカは深くため息をついて、私達に向き直ります。

「……いいか。ここで問題を起こしたら、スラムの住人に睨(にら)まれるだけじゃすまない。それがもっと上位の人間に伝わって、裏社会の住人に警戒される。そうなったら、宰相まで辿り着く手段がなくなりかねないぞ。頼むから大人しくしていてくれ」

「もちろん、言われるまでもありませんわ」

「当然だな。わざわざ確認するまでもない」

「……絶対わかってない」

ちゃんとわかっておりますわよ。

ゴドウィン様を追い詰めるために必要なことですものね。

わからないことがあるとすれば、このお方がここにいる理由ぐらいです。

「なんだ。なにか私に言いたいことでもあるのか？」

あるに決まっているでしょう。

なぜこの国の第一王子が、護衛も連れずにこのような場所にいらっしゃるのですか。

本来は、私とナナカの二人で悪者を殴りに行く予定でしたのに。とんだお邪魔虫ですわ。

「いえ……ただ、まさか一国の王子ともあろうお方が盗み聞きなんて姑息な真似をするなど、思ってもみなかったものですから」

「おい、聞こえているぞ」

あの時は、我ながら気が緩んでいましたわ。

まさか物置小屋でのナナカとの会話が、すべてジュリアス様に筒抜けになっていたなんて――

「――なるほど。宰相のゴドウィン様が貴方の雇い主でしたか」

三日前。ヴァンディミオン公爵家の物置小屋で、ナナカを奴隷紋から解放した直後のこと。

　メイド服を着直したナナカは、私が示した反応に、訝(いぶか)しげに眉を顰(ひそ)めました。

「……予想できていたことではないのか？」

「そうだといいな、とは思っていましたけれど。ふふ、そうですか。ゴドウィン様が、私を殺そうとしていたのですね」

　頬が緩(ゆる)んでしまいますわね。

　これで、ゴドウィン様を叩きのめす個人的な理由もできました。

「……怖くはないのか？　相手はこの国で国王に次(つ)ぐ力を持つ権力者だぞ」

「いいえ、怖いですわ。見て下さい。あまりに恐ろしくて、私、こんなにも手が震えてしまっているの。ああ、恐ろしいわ。ふふふ」

　武者震いですけどね。

「……しかし、いまだに信じられない。時間を遡(さかのぼ)る力なんて……そんなものが、現実に存在するなん……っ」

　私はナナカの唇に人差し指を押し当てて口をつぐませます。

　加護のことを、あまり他言されては困りますからね。

　しっかり口止めしておきませんと。

「……ひみつ、ですからね？　もし言ったら、お仕置きですよ？」

ウインクしながらそう言うと、ナナカが頬を火照らせつつ、ムッとした表情でうなずきました。

どうかしたのでしょうか。

子供に言い聞かせるような口調で言ったのが気に障ったのかしら。

「……わかっている。僕は暗殺に失敗し、本来なら殺されてもおかしくないところを助けられた。それればかりか、奴隷の身から解放までしてもらったんだ。この恩は絶対に忘れない。秘密は必ず守る」

そういえば先ほども、交わした約束は破らないと言っておりましたね。

獣人族はとても義理堅い種族として有名です。助けてくれた者に恩返しをするというおとぎ話があるくらいですし、下手な人間よりも、よほど信用できるでしょう。

「そういえば、宰相様がなぜ私の命を狙ったのか、その理由をまだ聞いておりませんでしたね」

「……息子のハイネが、父親であるゴドウィンに泣きついたらしい。昨晩、早馬が来て指令を出された。いますぐ我が息子を殴ったスカーレットを八つ裂きにして殺せ、とな」

ハイネ？　聞き覚えがありませんね。どこで殴ったのかしら。

そんな疑問が顔に出ていたのか、ナナカが補足してくれます。

「……舞踏会でお前が殴った貴族の一人で、第二王子カイルの取り巻きだったヤツだ」

まあ、気づきませんでしたわ。そんなお方があの俗物どもの中にいらっしゃったのですね。

ご愁傷様でございます。

「でもそうなると、少し辻褄が合いませんわね。使用人達からは、貴方が我が家に来たのは三ヶ月前だと聞いております。随分前からここにいますわね？」

「……元々、僕が潜入していたのはお前を暗殺するためじゃない。都合がよかったから暗殺命令が出ただけだ。そもそもは、ヴァンディミオン公爵家での諜報活動が目的だったからな」

そしてナナカは嫌悪感を滲ませた声音で、ゴドウィン様の悪事を暴露していきました。

「ゴドウィンは本当に狡猾な男だ。あいつはこのヴァンディミオン公爵家だけではなく、あらゆる貴族の家に僕のような奴隷を諜報員として潜入させている。そうして弱みを握ると、脅して言いなりにさせるんだ。それも、ただ言いなりにさせるだけじゃない。奴隷を売買させたり、賄賂を受け取らせたり、様々な悪事に加担させるのさ。適度に甘い汁を吸わせることで、自分の陣営に取り込み、派閥から抜け出せなくする。そうやって自分の思い通りになる人間を増やしているんだ」

「諜報員でしたのね。暗殺者にしてはあまり強くありませんものね、貴方」

「……うるさい。お前が強すぎるんだ」

ムッとした表情のナナカは「一体どんな鍛え方をしてるんだ」とボヤいております。

物心ついた頃から毎日欠かさずに戦闘訓練をしていただけで、これといって特別なことはしておりませんよ。

筋肉がつくのは嫌なので、そういったトレーニングは一切しておりませんし。

それにしてもゴドウィン様は、本当に手広く悪事を働いていらっしゃるのね。

この国の暗部を一人で牛耳っていると言っても過言ではないくらいに。

これは世のため人のため、とても放ってはおけませんわ。

「よし、決めました。これからゴドウィン様をブッ飛ばしにまいりましょう」

「……は？」

なにを言ってるんだこいつは、みたいな表情を浮かべるナナカ。

私、なにかおかしなことを言ったかしら？

まあ人間と獣人族ですし、少し考え方が違うのも無理はありませんね。

「ほら、善は急げですわ。お兄様に気づかれないように、こっそり馬車の手配をしましょう。そういえば、王都に行くのも随分と久しぶりですね。動きやすいドレスも用意しなくては」

「……まさかとは思うが、王都にいるゴドウィンに復讐でもするつもりか？」

「やられたら十倍にしてやり返せ。これがヴァンディミオン家の家訓ですから」

「……無理だ。そもそもどうやってあの男を罰する気だ？　秘密裏に制裁するとしても、ゴドウィンは自分が害されることを異常なまでに恐れている。だから、どんなに私的な場でも、常に奴隷や傭兵を護衛として大量に置いているんだ。お前がどんなに強くても、近づく前に力尽きるのがオチだ」

この子の言っていることは、紛れもなく正論なのでしょうね。

ですがこのまま黙っていても、またすぐに第二、第三の暗殺者が送り込まれてくるでしょう。

そんなの、煩わしくてたまりません。

私は決めたのです。

もう、いままでのように我慢はしないと。

「……大人しく、お前の兄や第一王子に任せたらどうだ」

「ダメです。それじゃあ私が楽しめませんもの。あの方々がゴドウィン様を捕まえる前に、なんとしてもボコボコに殴らないと」

「……なんなんだ、お前のその殴ることへの執念は」

「ムカついた方を殴る。これは淑女の嗜みですわ」

「……そんなことを嗜む淑女がいてたまるか」

なにを言っても聞く耳を持たない私に、ナナカがため息をつきます。

そして目を閉じ腕を組んで、少しだけ間を置いてから口を開きました。

「……ゴドウィンは月に一度だけ、自分好みの奴隷を買うために、王都のどこかで行われている奴隷オークションに姿を見せる。その時だけは、いつもより警護が手薄になるんだ。復讐するなら、そのタイミングしかない」

まあ。ゴドウィン様ったら、お金儲けのためだけではなく、個人的にも好き好んで奴隷を売買なさっているのですね。本当に悪人なんですから。

「とても有益な情報をありがとうございます。ですが、結局そのオークションが開かれる場所がわからなければ、どうしようもありません。それに、オークションが開かれるのは月に一度なのでしょう？　私、そんなに長い間、自分の衝動を我慢できる自信がありませんわ」

「……次のオークションが行われるのは一週間後だ。開催場所はわからないが、僕なら出品者である奴隷商やその仲介人に渡りをつけられるだろう。だから一緒に連れていけ」

獣人族特有の琥珀色の瞳が、私をまっすぐに見つめてきます。

その目には一切の迷いがなく、確固たる決意を感じました。

「私としてはまさに渡りに船ですけれど、いいのですか？　元雇い主を裏切ることになりますが」

「……元より奴隷紋で無理矢理言うことを聞かされていただけの関係だ。一族を騙し、奴隷にして売りさばくようなヤツに立てる忠義も義理もありはしない。むしろあの男に復讐する手伝いができるなら、喜んで裏切ろう」

そう言って、コクリとうなずくナナカ。

その顔を見て、私も考えを改めることにしました。

実際、私一人で事を為そうとするよりも、事情を知る協力者がいたほうがいいに決まっています。

誰かを伴えば、殴るお肉が減るかもしれませんが、あまり強くないこの子であれば無用な心配でしょう。

「いい覚悟です。一人でやるつもりでしたが、気が変わりました。ともにまいりましょうか――王都グランヒルデへ」

握手をしようと手を差し出す私に、ナナカは少し戸惑った様子で、おずおずと小さな手を差し出してきました。

「人間と握手をするのにには、抵抗がありますか？」

「……そんなことはない。ただ、女と握手をするのに慣れていないだけだ」

ぷい、と顔をそむけるナナカの頬は少し火照っています。私は、おかしくて少しだけ笑ってしまいました。

「……笑うな」

「だって、可愛らしかったんですもの」

「バカにしているのか！」

ごめんなさい。メイド姿で凄まれても、余計に可愛らしく見えるだけですわ。

「出発する前に、まずは貴方のお着替えからですわね。いらっしゃい、可愛いメイドさん」

「……その可愛いって言うのをやめろ」

不貞腐れるナナカを引き連れて物置小屋を出ようとすると、入り口のドアがわずかに開いているのに気がつきました。

あらあら。どうやらいまのお話、誰かに聞かれていたみたいですね。

でも一体誰が――

「……どうした？」

「……いえ、なんでもありませんわ」

なにかを見落としているような感覚を覚えながらも、私はとにかく家から出ることを優先して、気にしないことにしました。

あれだけのことをしでかしたのですし、卒業試験の結果が出るまでは学院もお休みですから、しばらく私はお家で謹慎でしょう。これからやろうとしていることを家の者に聞かれたのであれば、なおさら一刻も早くここを立ち去らなければなりません。

「手早く準備をいたしましょう。一時間後にはここを発ちます。お兄様に気づかれたら確実に止められますからね」


あれから三日。

私とナナカは、なぜかジュリアス様と貧民街を歩いているのでした。

「――誰にも見つからずに家を出られたと思ったのに、まさか王家の紋章がついた馬車に待ち伏せされているなんて、思ってもみませんでしたわ。力ずくで無理矢理突破するかどうか、悩んでしまったんですのよ」

「恐ろしいことを考える人だな、貴女は。少しは私に感謝を示したらどうだ？　私が足を貸さなければ、貴女達は王都まで徒歩で行く羽目になっていたのだぞ」

「はいはい、感謝しておりますよ王子様」

　口惜しくはありますが、その点に関しては確かにジュリアス様に感謝せざるを得ません。

　あの日、こっそり用意していた馬車の前では、険しいお顔のお兄様が仁王立ちしていましたからね。

　勘がよすぎですわ、お兄様。

　なんとかお兄様に見咎められる前に裏口へまわって家を出たところ、そこにはジュリアス様が待ち構えていて、馬車を出して下さったのです。

「そもそも、ジュリアス様はなぜ私達についてきたのですか。貴方ならばこんなリスクのあることをしなくても、もっと別の方面からゴドウィン様を追い詰めることができたのではないですか？　王宮秘密調査室というのも、そのために作られた部署なのでしょう？」

「社会勉強だ」

「はい？」

　真顔で聞き返す私に、ジュリアス様は気怠そうに髪を掻き上げながらおっしゃいました。

「学院を卒業したら、私は帝王学を極めるため王宮に缶詰にされる。いまだけなのだ。市井の様子を自らの目で見ることができるのは。特にこのような、上位貴族どもが目をそむけている貧民街など、この機会を逃せばもう一生見ることはできないだろう」

私達の横を、ボロボロの服を着てやせ細った子供達が走り去っていきます。

ジュリアス様は目を細めながらその様を見やり、憂いを帯びたお顔で続けました。

「自由に動けるうちに、自分で見ておきたかったのだ。この国の現状をな。私はお飾りの王になるつもりはない。やるからには徹底的に、私が理想とする国家を作り上げる。そのためにも国の暗部に触れようとしている貴女達に同行する必要があると考えた。それがここまでついてきた理由だな」

とてもご立派な思想だと思います。

もし貴方がジュリアス様でなければ、感心して称賛の言葉のひとつでも送りたくなるほどに。

「……それで本音は?」

「こんな面白そうなこと、一枚噛まないでいられるか。ついていくに決まっているであろう」

ほらやっぱり。そんなことだろうと思いましたわ。この腹黒王子。

「酷(ひど)いお方。いま頃レオお兄様はカンカンですわね。それに、上司の貴方がいなくて困っているのではなくて？」

「なに、私がいなくても、レオならうまくやってくれるさ。追っている相手は同じだからな。もしかすると、レオのほうが私達より早くゴドウィンに辿り着くやもしれんぞ」

私達も辿り着く前提なのですね。

一体どこからその自信がくるのやら。

「……おい、二人とも。いくらなんでも目立ちすぎだ。もう少し静かに――」

私とジュリアス様のじゃれ合いを見かねたナナカが、苦言を呈(てい)そうとしたその時。

いかにも盗賊らしいボロボロの服に、短剣を煌(きら)めかせた五人の殿方達が、スラムの狭い道を塞(ふさ)ぎました。

彼らは私達を舐め回すように眺め、下卑(げび)た笑みを浮かべていらっしゃいます。

とてもわかりやすいですわね。

「この方々が噂に聞く、悪漢という輩(やから)なのですね」

私が嬉々としてそう言うと、ナナカが露骨(ろこつ)に嫌そうな顔をしました。

「……なぜ嬉しそうなんだ」

「だって私、悪漢の方々を見るのは初めてなんですもの」

下卑たお顔に、粗野な振る舞い、それに不潔な出で立ち。

このような方々が本当に実在していましたのね。

てっきりおとぎ話の中だけの人物かと思っていましたわ。

「へっへっへ……そりゃ光栄だねえお嬢さん」

「見物料に身ぐるみ全部置いていきな」

「なあに、命までは取りゃしねえって」

「命以外は全部もらっていくけどなあ？」

まあ、なんて野蛮な物言いなのでしょう。

彼らが私達からなにかを奪う権利など、どこにもありはしないというのに。

それがさも当然かのようにのたまうなんて。

殴りたくて殴りたくて、拳がうずうずしてまいります。

喜び勇んで前に出ようとすると、ナナカに止められてしまいました。

「……待て。まだ殴るな。少し話をする」

「お話が通じるような方々とは思えませんけれど」

私が不満も露わに言うと、うしろでジュリアス様が笑いをこらえている気配がヒシヒシと伝わってまいります。

　失礼ですよ、金髪の殿方。

　そんな私達を無視して、ナナカが悪漢に話しかけます。

「……仲介屋のジャンクという男を捜している。紹介してくれたら礼ははずむぞ」

「ジャンクゥ？　知らねえなあ？　知っていたとしても教えねえよバーカ！」

「お前ら自分の立場わかってんのか？　礼なんざ全部ブン取ればすむ話なんだよ！」

　会話も交渉もまったく成り立たないこの感じ、とても心躍ります。

　彼らでなら、私のストレスを思う存分発散できそうです。

「そこらのクズ石に金貨払ったバカなお嬢様がいるって聞いて来てみりゃ、お付きがこんなチビとなよっちい男だけとか、美味しすぎるぜ。教えてくれたあのガキには感謝しなきゃなあ？」

「そのガキ、フクロにして金貨までパクったヤツがよく言うぜ、まったくよお！」

　悪漢達が一斉に汚らしい笑い声を上げました。

　それを見たナナカは、不機嫌そうに顔を歪めてつぶやきます。

「……下衆どもが」

「勉強料だよ勉強料。このスラムじゃ弱いヤツは食い物にされるだけだ。ま、お前らもこれから食われる側になるんだがな――」

バキンッ！　と鈍い音を立てて。

私の握り込んでいた石が砕け散りました。

ああ、せっかく買ったミスリルの石が粉々になってしまいましたね。

残念ですわ。これはまた、買い直さなければなりません。

「なんだあ、いまの音……？」

「なんか硬いモンが割れる音がしたぞ？」

「気のせいだろ。オラ、さっさと持ってるモン全部よこせ。俺らは気が短けえんだ。それとも顔の形が変わるまでボコられねえとわからねえか？」

「女の顔は殴るなよ。あとで楽しめなくなるからな。ヒヒッ」

「こいつ貴族の娘だろ？　そのまま拉致って脅せば、家からもっとふんだくれるんじゃねえか？」

「お、そりゃいいな！　よし、ガキはブッ殺しても構わねえ。そこの坊ちゃんと女さえ生きてりゃそれでいい」

好き放題に言いながら、じりじりと悪漢達が迫ってきます。

気づけば前にいる五人のほかに、私達の退路を塞ぐように、さらに三人の悪漢達が立っていました。

　まとまっていてくれたほうが、こちらとしては都合がよかったのですが、仕方ありませんね。

「……前の五人は僕がやる。お前達はうしろを――」

　そう言って、ナナカが私達の前に足を踏み出そうとした直後。

　私はポケットから出した手袋をさっと身につけ、身体強化の魔法を展開。大きく振りかぶって、先ほど握り潰した石の欠片を前方の五人に投げつけました。

「ぐわっ!?」

「いってえ!?」

　悪漢達が怯んだ隙に一気に距離を詰めた私は、一番手近にいたスキンヘッドの男の顔面に拳を叩き込みます。

　ボコォ！　と音がして、その方の顔面が陥没しました。

「は？　ちょっ、まっ――」

　先手必勝は戦いの常識。不意を突いて頭数を減らすのは対多数戦闘の基本です。

　いまだに状況を掴めず、呆然としているおバカさんにはいい勉強になったでしょう。

「これは勉強料です。きっちり支払って下さいな」

笑顔でもう一人の脇腹を拳で抉り、ボキィ！　と骨の折れる音を聞きながら、続けて顎を容赦なく突き上げます。

ぐしゃあああっ！

拳の先で、顎の骨がぐしゃぐしゃに砕ける感触を捉えました。

このおバカさんは、しばらくは満足にご飯も食べられないでしょう。でも問題ないですよね？

貴方達のような弱者を食い物にする人間以下のクズ野郎には、人の食べるご飯なんて上等すぎますから。

「このアマァ！　ブッ殺してやる！」

悪漢の一人が、懐からナイフを取り出します。

それを見た別の悪漢が、おい！　と、怒鳴り声を上げました。

「本当に殺すんじゃねえぞ？　殺したら身代金も取れねえだろうが」

「ちょっといたぶって思い知らせてやるだけだ！　所詮貴族の娘だろ？　刃物出しゃ、びびってなにもできやしねえよ」

光りものを出せば、私が怯えてなにもできなくなる？

本気でそんなことを思っているのだとしたら、この私も随分と侮られたものです。

「まあ、怖い。そんな危ないものを振り回さないで下さいな」

「へへ……よくも仲間をやってくれたなあ？　その高そうなドレスごと柔肌を切り刻んでやるよ」

ブンブンと振り回されるナイフの先端を冷めた目で見ながら、私はドレスの裾を摘まんで一礼します。

怪訝な表情をする眼前のお方に、私はにっこりと微笑みかけて言いました。

「まったく、度し難いほどに間が抜けていらっしゃいますね――おバカさん」

蹴り足一閃。

ドレスによって隠れていた私の右足が、地面をガリガリと削りながら跳ね上がります。

「んごおおお⁉」

ベキィ！　と、顎の骨が砕ける音とともに、そのお方は仰け反りつつ宙に舞い上がりました。

「ごめん遊ばせ。私、足癖が悪いのよね」

浮き上がった身体に、続けてうしろ回し蹴りを叩き込みます。

バキバキと骨が折れる音を響かせながら、悪漢の身体が壁にめり込みました。

「――はー、スカッとした」

殿方の前で蹴り技を使うのは、はしたないからやめなさいと、セルバンテスにはよく叱られていたのだけれど。

大丈夫ですよ、安心して下さい。

ちゃんと下にはドロワーズをはいていますからね。

「な、なんだこいつ!? ただの貴族の娘じゃねえ！ 化け物みてえに強いぞ!?」

「銀髪で化け物染みた強さの貴族の娘……このガキ、まさか！」

「ああ、間違いねえ！ この無慈悲なまでに容赦のない暴力に、凍えるような青い瞳！ こいつスカーレット・エル・ヴァンディミオンだ！」

「こいつが撲殺姫スカーレット……一晩で近衛兵と貴族を百人近くも殴り殺し、舞踏会を血の海に変えた鮮血の公爵令嬢……！」

その言葉を聞いた途端、私の背後で高みの見物をしていたジュリアス様が噴き出しました。

もう、だからこのお方と一緒に行動するのは嫌だったのです。

それと、心外ですわ。

私、殺さずにちゃんと半殺しにとどめましたもの。

「なんでそんな化け物がこんな場所にいるんだよ!?」

「うるせえ、俺が知るか！　とにかく逃げ――」

「逃げられるとお思いで？」

「ぐぼぉっ⁉」

背中を向けようとしていた一人に、両足で飛び蹴りを決めます。

硬い地面に顔面から叩きつけられたそのお方は、ピクピクと痙攣しながら気絶されたご様子。

いけませんね。

敵に背を向けるなど、愚の骨頂ですよ。

「さて、あと一人ですか」

「う、うわあああ⁉」

あっという間に四人のお仲間がやられたせいで、半狂乱になったのでしょう。

ナイフを取り出して、滅茶苦茶に振り回してきます。

まるで駄々をこねる子供のようで、滑稽ですわね。

ああ、そういえば。

このお方は先ほど、子供から金貨を奪ったと自慢していた方でした。

「確か、貴方は弱い者は食い物にされるだけとおっしゃっていましたね」

「く、来るなぁ！　こっち来たらブッ殺すぞ！」

「貴方の言葉通りなら、私より弱い貴方は……私にどんな酷いことをされても仕方ないと、そういうことになりますね？」

「ぎゃっ⁉」

彼の手の甲を手刀で打って、ナイフを叩き落とします。

痛みと恐怖で腰が抜けたのか、目の前のお方はその場にぺたんと尻餅をついてしまわれました。

「ガキから取った金なら返す！　だ、だから許してくれぇ！」

「そうやって許しを乞うた人を、貴方はいままで一人だって許してあげたのですか？他人を踏みにじるなら、他人に踏みにじられる覚悟もしてしかるべきです。これもまたひとつ、いいお勉強になりましたね。それではご機嫌よう」

微笑を浮かべながら拳を振り上げます。

まあ、なんだかんだと説教くさいことを言ってしまいましたが、ただ単に私がこのお方を殴りたかっただけなんですけどね。

「ま、待て！　仲介屋のジャンクを捜してるって言ってただろ⁉　ジャンクなら、この先の通りを右に曲がって地下の階段を下りたところにある汚ねえ酒場で匿われてる！

合言葉はマスターに『しみったれたエールを一杯』だ！」

「そうですか。教えて下さり感謝いたします」

「お前らが知りたいことは教えたぞ！　だから許してくれ！」

「なぜ許さなければならないのですか？」

「えっ、だって情報は教えて……」

「情報が得られたなら、なおさらもう、貴方は意識を保っている必要がないじゃないですか」

「ぎょへえ!?」

顔面パンチ炸裂。

血反吐(ちへど)を撒(ま)き散らしながら、最後の一人も気絶して動かなくなりました。

貴族の方々を殴った時とは程遠い爽快感ですけれど、たまには普通の外道なお方を殴るのも、悪くはないですね。

「……もう少し、加減というものができないのかお前は」

振り返ると、腕を組んだナナカが呆れ顔で立っていました。

その背後には、三人の悪漢がピクピクと痙攣(けいれん)しながら倒れています。

彼らには外傷もありませんし、派手な音もしませんでしたわね。

なにか毒でも使ったのでしょうか。

「十二分に手心を加えましたわ。少々、手荒くはなってしまいましたけれど」

それにしても、ああもったいない。

三人も殴る機会を逸してしまうなんて。せっかくのデザートでしたのに。

ナナカがこんな短時間に三人も倒してしまうとは、少々予想外でした。

これはもう少し評価を見直してあげる必要がありますね。

「それで、私達が戦っている間、そこの金髪の殿方はなにをしていらっしゃったのかしら」

微笑みながらジュリアス様に目をやります。

なに前髪を整えてるんですか。

貴方はなにもやってないんだから、髪が乱れる理由がないでしょう。

「ああ、一応いつでも援護できるように様子は見ていたが、ナナカは一人でなんとかなっていたからな。なんだ、そちらのほうに手を出してもよかったのか？」

「ダメです」

条件反射でつい、そう答えてしまうと、ジュリアス様がしたり顔でニヤリと笑いました。

私のことは把握していると言わんばかりの、このドヤ顔。

ものすごく腹立たしいです。

「スカーレット、いま貴女は自分がどんな顔をしているかわかっているか？　無表情を装って(よそお)いるつもりかもしれないが、それはもう素晴らしく愉快な仏頂面(ぶっちょうづら)になっているから、やめたほうがいいぞ。いや、やめなくていい。私が面白いからな」

「うるさいですわね……ほら、早く行きますわよ。仲介人を殴りに」

「……仲介人を殴るな」

なかば自棄(やけ)になって歩き出した私のあとを、ナナカがため息をつきながらついてきます。

悪漢が言っていた通りに道を進んでいきますと、地下に下りる階段がありました。

周囲は暗くジメジメとしていて、奥には半開きになっている酒場のドアらしきものが見えます。

階段を下りてみると、血痕や黒ずんだ汚れが至るところにへばりついていました。いかにも悪人の巣窟(そうくつ)と言わんばかりですね。

これはいやが上にも期待感が高まりますね。拳(こぶし)がウズウズしてきました。

内心ではウキウキしつつ、私が酒場のドアを開こうとすると、横からジュリアス様がスッと割って入ってきて、扉の前に立ち塞(ふさ)がりました。

「待て」

え、一体なんの真似でしょう。

殴っていいですか？

「役立たず扱いされたままでは心外だからな。ここはひとつ、私に任せてもらおうか」

「……は？」

ポカンと口を開ける私に、ジュリアス様はフッと爽やかな笑みを浮かべておっしゃいました。

「ジャンクという仲介人の男に、奴隷商を紹介させればいいのだろう？　容易いことだ」

いやいやいやいや。なにをおっしゃっているのでしょうか、このお方は。

「なにを企んでいらっしゃるのですか？」

「なにも企んでなどいない。この場は私が行くのが適切だと思っただけだ。違ったか？」

両手を上げてとぼけたポーズを取るジュリアス様。

私を煽って面白がるために、わざとしゃしゃり出てきたのがバレバレですよ。

「……ちょっと待て。そもそも僕は、お前達二人に任せるなんて一言も言っていないぞ」

ほら、ナナカも難色を示しているじゃないですか。

出しゃばりの王子様は引っ込んでいて下さいな。

「元々ゴドウィンの手下だったナナカは、すでに顔が割れている可能性がある。万が一のことも考えてここは私が行くべきだ。安心しろ、私はそこの貴婦人と違って一切暴力は振るわない。五分ですませてくる。任せておけ」

むぅ、とナナカが唸って黙り込みます。

ちょっと待って下さい。

なに言いくるめられそうになっているんですか。

このお方はただ、私が鬱憤を晴らせなくて膨れるところを見たいだけですからね。

「顔バレを恐れるのならば、ジュリアス様のほうが遥かに知名度が高いと思われますけれど」

「逆だな。こんな場所に、まさか第一王子が護衛も連れずに来るとは誰も思うまい」

「先ほど子供にすぐバレたのを、お忘れですか？」

「子供は純粋だからな。だが、この中にいるのは汚い大人だろう？　疑うことしか知らぬ者達には見抜けんさ」

その言葉が決め手になったのでしょう。

黙ってお話を聞いていたナナカが、うなずいて言いました。

「……わかった。お前に任せる」

「お待ちなさい、ここは私が――」

「と、いうわけだ。貴女はここで大人しくしているがいい。五分で片づけてくるよ」

慌てて割って入ろうとする私の言葉を遮りながら、勝ち誇ったお顔でジュリアス様が酒場の中に入っていきました。

見ましたか、いまのお顔。

これはもう確信犯でしょう。

舞踏会の一件では、私が愚か者を殴るところを見たいと言っていたくせに、土壇場でおあずけにするなんて、とんだ裏切りですわ。

「五分経ってもジュリアス様が出てこなかったら、突入していいのですよね？」

「ダメだ……というかさっきの件で、お前にだけは任せてはいけないということがよくわかった」

そのあと、五分を待たずに突入しようとする私を、ナナカが必死に阻止する場面もありつつ、扉の外でジュリアス様を待っていますと――

「待たせたな」

ちょうど五分ほど経った頃に、彼は何事もなかったかのような様子で出てまいりました。

「奴隷商の名前と居所がわかったぞ」

「……まさか本当に五分で出てくるとは。僕はなんのためにここまでついてきたんだ」

ナナカが呆れと驚きを含ませた複雑な表情でつぶやきます。

暗殺者のイメージがあったので失念しておりましたが、ナナカの本職はこういった諜報活動でしたね。

まあ、落ち込むのも無理はありません。

お坊ちゃんだと思っていた一国の王子が、本職の自分よりも手際よく、いとも簡単に情報を入手してきてしまったんですから。

学院での所業とまったく同じです。

こうやってジュリアス様は、たまに本気を出しては努力している方々の成果をあっさりと越えていき、みなさまのやる気を奪っていましたからね。

可哀相なナナカ。あとで毛づくろいしてあげましょう。

「どうやって吐かせたのですか？　腕を折ったのですか？　足を折ったのですか？」

「暴力は振るわないと言っただろう。どこも折ってなどいない。ただ少々、揺さぶりをかけてやっただけだ。『お前が顧客の情報を別の業者に横流ししているのはわかっているぞ』とな」

「……そんな情報を掴んでいたのか。まったく知らなかった」

なにを素直に感心しているのですか、ナナカ。

この面倒くさがりの天才が、そんなまめに情報を仕入れているわけがないでしょう。

「よくもまあ、そのようなデマカセで言いくるめられたものですわね。ジュリアス様には詐欺師の才能がおありなのでは？」

「私に持ち得ない才能があると思っていたとは、随分と過小評価されているようだな」

「少なくとも、人を労る才能は欠如しておりますわね」

「労ったぞ？　貴女に任せていたら、いま頃この酒場は血の海になっていただろう。一人の犯罪者の心を折る程度ですませた私は、聖母のごとく慈悲に溢れていると言える」

「その犯罪者を泳がせた挙げ句、あとでもっと酷い目にあわせようとしているのでしょう？　血だるまにするだけですませる私のほうが、慈悲深いと思います」

「えっ、えっ？」

私達の会話についていけず、キョトンとした表情でナナカが固まっております。

そんなナナカを尻目に、私達はにこやかな笑みを浮かべながら、酒場の階段を上がっていきました。

今日のお肉——悪漢の方々、五人。

次回はもっと脂の乗った、上質な貴族のお肉を殴りたいものですね。

第五章　やはり油断なりませんね。

──初めて貴女を見たその瞬間から、私の心はすでに奪われていた。


あれは確か、七歳になったばかりの頃だったか。

第一王子であるにもかかわらず、なかなか自分に見合う婚約者を見つけられないでいた私は、連日連夜、夜会に足を運んでいた。

笑顔の仮面を張りつけた私に、次々と群がってくる飢えたご令嬢達。

そして、自分の娘をなんとかして王家に嫁がせようと媚を売ってくる親達。

なんという浅ましさだろう。

実に素晴らしい。

そう、私はその頃、浅ましく必死な彼らの姿を見て、楽しむためだけに夜会に出向いていたのだ。

私は愚か者が好きだ。

愚か者が愚かな行いをするのはもっと好きだ。

愚か者が愚かな行いをして、破滅する様を見た時などは、思わず愉悦の笑みが零れてしまう。

我ながら悪趣味だとは思うが、生まれつきそういう性分なのだから仕方がない。

夜会に集まる貴族など、そのほとんどが王家に取り入って甘い汁を吸うことしか頭にない、欲の皮が突っ張った者達なのだから、私の楽しみも多い。

しかし、いくら楽しいといっても、同じような見世物ばかりでは飽きがくるというもの。

その日、存分に愚か者の愚かな様を鑑賞して満足した私は、そろそろお暇しようとしていた。その時――

一人だけ、私に近づこうともせず、薄暗い会場の隅で所在なげに立っているご令嬢がいることに気がついた。

一目で視線を惹きつける美しい銀髪。人形のように精巧に作られた完璧な顔立ち。ただ立っているだけなのに、気品を感じずにはいられない凛とした空気。

目を疑ってしまった。

なぜこんなにも美しい花が、夜会の隅でひっそり咲いているのかと。

思わず見とれていると、ご令嬢の立っている場所に、見覚えのあるバカが向かって行った。

そのバカは私の弟ながら、あらゆる才能に乏しく、人格も破綻しているという、どうしようもないうつけ者。我が愚か者リストの中でもトップ5に入っているほどである。

あのバカは、あろうことかご令嬢の頭を突然平手で叩くと、なにやら大声で怒鳴り始めた。

理不尽に叩かれたというのに、ご令嬢のほうはただ黙ってバカに向かって頭を下げている。

そこでようやく、そのご令嬢が誰なのか私は理解した。

ヴァンディミオン公爵家のご令嬢、スカーレット・エル・ヴァンディミオン。

我が愚弟カイルの婚約者だ。

そういえば、カイルの教育係から聞いたことがあった。

いままでまったく社交界に興味を示さなかったカイルが、婚約者であるスカーレット嬢を気に入って、わざわざ彼女と会うために夜会に足を運ぶようになったと。

あの様子では、恋をしたというよりは、玩具として気に入ったというほうが正しいだろう。

ひとしきり罵詈雑言を吐いたカイルがどこかへ立ち去ったあと、私は面倒だなと思いつつも、スカーレット嬢に歩み寄ることにした。

ヴァンディミオン公爵家は、王家がいま最も繋がりを深めたい一族だ。

カイルとスカーレット嬢の婚約も、父上から申し出て結ばれたものだと聞いている。

それなのにあのバカときたらなにを勘違いしたのか、我が物顔で傲岸不遜に振る舞い、あまつさえ彼女を傷つけたまま、謝りの言葉すら告げずに立ち去っていった。

こんなことがヴァンディミオン公爵の耳に入れば、王家への信頼が損なわれることになるだろう。

カイルが勝手に落ちぶれていくのは構わないが、バカのせいでこちらの立場まで悪くされてはたまったものではない。

「大丈夫ですか」

声をかけると、スカーレット嬢は伏せていた顔をゆっくりと上げた。

眉ひとつ動かさず、深い海のような青い瞳が私の姿を捉えていた。

「失礼、少し髪に触れます」

無表情で私を見ているご令嬢に手を伸ばし、乱れていた髪を整えてやる。

すると彼女は、首を傾げながら不思議そうな様子で言った。

「なにをしていらっしゃるのですか?」

「髪が乱れていたので、失礼とは思いましたが整えさせてもらいました」

そう答えて手を離すと､彼女は少し思案したあとで､ペコリと頭を下げてお辞儀をする。

「お手数をおかけしてしまい、申し訳ございませんでした」

「いいえ、貴女の美しい髪が乱れているのは、もったいないと思ったので」

私が微笑みながらそう言うと、彼女は「そうですか」と興味なさげに言って、それきりなにも話さなくなってしまった。

この淡白な反応から察するに、彼女はどうやら私のことを知らないらしい。

夜会に出ておきながら、その花形たる私を知らず、誰とも話そうとしない。

別にそれ自体はどうでもいいことだが、少しばかり彼女に対して興味が湧いた私は、張りつけていた笑顔の仮面を外し、意地の悪い顔でこう言った。

「……第二王子が怖いのなら、我慢していないでヴァンディミオン公爵にでも泣きついたらどうですか。世間知らずのお嬢さん」

私は見逃さなかった。カイルに叩かれてから微かに震えている彼女の指先を。

無表情で平気な素振りをしていても、彼女は所詮、男の暴力に怯えるか弱いお嬢様でしかないのだ。

そのことを自覚させてやろうと思ったのだが……

私の言葉にスカーレット嬢は目を細めると、いままでとは違う感情の籠もった低い声でこう言った。

「私がカイル様を怖がる？　面白い冗談ですわね」

そして彼女は私に向かって、小さな唇の端を吊り上げて嘲笑ってみせた。

想像だにしていなかった彼女の変化に、私は思わず言葉を失ってしまった。

「それでは、ご機嫌よう」

二の句も継げずに立っている私に背を向け、スカーレット嬢は去っていった。

初めてだった。自分と同じ種類の人間と出会ったのは。

一度だけ、使用人に言われたことがある。

ジュリアス様はご自分の感情を完全に隠しているとお思いでしょうが、本当に楽しいと感じている時だけは、隠しきれずに口元が吊り上がっていらっしゃいますよ、と。

彼女も間違いなく私と一緒で、自分の歪んだ感性を仮面で隠しながら生きている人間だ。

ご令嬢の手が震えていたのは、カイルに叩かれて怯えていたからでは断じてない。

きっと、愚か者の我が弟がいつか受ける報いを想像して、暗い喜びに身を震わせていたのだ。そうに違いない。

ああ、なんということだろう。私はついに、運命と出会ってしまった。

愚か者以外で初めて人間を愛おしいと、思ってしまった。

彼女ならば。私と同じく捻じ曲がった人格をした彼女ならばきっと。

私の目に映る、退屈極まりないこの世界を、もっともっと、愉快なものにしてくれるに違いない。

「ああ――楽しいな」

それからの私は、スカーレット嬢のことを思うだけで、幸せな気持ちで満たされた。

あの震えていた小さな手が、いつかカイルの顔面を捕らえることを想像するだけで、心が打ち震えた。

ふと気がつけば、四六時中彼女のことを考えている自分がいた。

恋や愛など、どうせ下らないものだとバカにしていたが、中々どうして悪くない。

むしろこのように人生が面白くなるものなのであれば、もっと早くに知っておけばよかったと、後悔もした。

だがそもそも、私のように歪んだ内面の男と噛み合う女など、あのスカーレット嬢ぐらいだろう。

「ヴァンディミオンの狂犬姫――貴女の仮面を外すのは、この私だよ」

◆　◆　◆

ジュリアス様が仲介屋さんから奴隷商の情報を聞き出した翌朝。

私とナナカは、王都グランヒルデにある貴族街を訪れておりました。

高級な邸宅が立ち並ぶこの場所に住んでいるのは、高位の爵位を持つ上位貴族の方々です。

彼らは王宮に勤めている要人であり、自分達が管理する領地ではなく、別邸があるこの街区で暮らしています。

まさか、思いもしませんよね。

よりにもよって、奴隷の所有を禁止しているこの国の中心地で、堂々と奴隷商をしている方がいらっしゃるなんて。

ここの情報を聞いた時には驚き、また感心したものです。

貴族の邸宅であれば、多少怪しまれても、そう簡単に捜査できませんからね。

特に上位貴族の邸宅であればなおさらです。

私とナナカは、その中のとある邸宅を訪ねました。

ちなみに功労者であるジュリアス様は、捜査のためとはいえ、王子が奴隷を買いに行くのは問題があるということで、宿でお留守番。いい気味ですね。

「ようこそいらっしゃいました。美しいお嬢さん。なんでも、珍しい奴隷をお求めだとか」

客間に通されると、いかにも高級な椅子に腰かけた貴族が、こちらを値踏みするような口調でおっしゃいました。

ザザーラン伯爵。

この街区に住む上位貴族の中でも、特に羽振りのいい殿方です。

一見穏やかな老紳士に見えますが、その正体は奴隷商の畜生でございます。

人は見かけによらないものですね。

「しかしいけませんな。いくらご両親に内緒で奴隷が欲しいからといって、貴族のお嬢様がジャンクのようなチンピラに関わっては。貴女の品位を落としますぞ」

「他にツテがなかったもので、仲介屋のジャンクさんに頼むしかなかったのですよ。ザザーラン様は、あのお方とはどんな関係ですの？」

「なに、大した仲ではありませんよ。スラムには時折、希少価値がある奴隷候補が逃げ込んでくるのでね。そういった場合には、他の奴隷商ではなく私のところへ連れてくるように、契約を結んでいるだけです。ああ見えてあれは顔が広い。私以外にも、この街区に住んでいる貴族や奴隷商と繋がりを持っているようですからな。まったく小狡い輩です」

ナナカがジャンクさんのことを知っていたのも、ゴドウィン様が王都のスラムにいる仲介屋として名前を出しているのを聞いたことがあったからだそうです。そしてジャンクさんが紹介して下さったこの奴隷商なら、必ずオークションに参加しているはず。

遠回りにはなってしまいましたが、ここでの交渉がうまくいけば、なんとか奴隷オークションへ潜り込めそうですね。

「希少価値のある奴隷を捕まえていると聞きましたが、例えばどのような？」

よくぞ聞いてくれましたとばかりに、ザザーラン様が両手を広げて語り出します。

「そうですね、例えばエルフ、ドワーフ、有翼人、魔族……ああ、そうそう。そこにいる獣人族なんかも、とても希少価値がある商品ですよ」

隣に座っている執事姿のナナカが、ビクッと身体を震わせます。

平静を装ってはいるものの、どこか不安げな顔をしていますね。

大丈夫ですよ、ナナカ。私達の立てた作戦はきっとうまくいきます。

「なぜ彼が獣人族だとわかったのですか？」

「黒髪で琥珀色の瞳は獣人族の特徴ですからな。それに、わざわざ私のもとまで奴隷を求めてやってくるようなお方だ。希少な奴隷の一人でも連れているべきでしょう。そうでなければ、私としても商談をする価値がない。いやはや、言葉で語るよりもよほどいい名刺になってくれましたな、彼は」

　ははは、と笑い声を上げるザザーラン様に微笑で返します。

　なに笑ってるんですか？　ブッ飛ばしますよ？

「……ダメだぞ」

　はいはい、わかっていますよナナカ。

　どんなに目の前に腹が立つ相手がいたとしても、本命であるゴドウィン様を殴るその時までは極力、我慢しますから。多分。

「それで、どんな奴隷をご所望で？　獣人族を所有されているお嬢さんのお眼鏡にかなうような商品が用意できるといいのですが」

　さて、本番はここからですわね。

　私はテーブルに置かれていた紅茶を一口だけ口に含んでから、わざとらしく髪先を弄くり回して言いました。

「私、奴隷を買うつもりでここに来たわけではありませんの」

「ほう？　ではなんのご用で？」

「もうすぐ王都のどこかで奴隷オークションが行われるとの噂をお聞きしました。私もそのオークションに行ってみたいのですが、紹介してはいただけませんか？」

「ああ、オークションですか。なるほど。ふむ……」

ザザーラン様が腕を組み、黙り込みます。

やはり目の色が変わりましたか。オークションは個人で奴隷を売るのとは比べものにならないほど、大きな案件でしょうからね。そう簡単に承諾できないのでしょう。

予想通りの展開です。

あとはこの欲深そうなお方が、私達の用意した餌に食いついてくれるかどうかですね。

「……オークションに招待されるためには、奴隷を何度も売買したという実績が必要です。さらに身分を明らかにして、審査を受ける必要があります。これには最低でも半年間はかかるため、いまから準備をしても到底間に合わないでしょう」

「そこをどうにかなりませんか？　お金ならいくらでもお支払いいたします」

切実な口調で訴えかけます。

するとザザーラン様は、首を横に振ってから口を開きました。

「いえ、お代は結構。その代わりと言ってはなんですが――」

ザザーラン様がニヤリと笑みを浮かべます。

　それは、隠されていた醜悪な本性が剥き出しになったかのような、おぞましい笑顔でした。

「もし、そこにいる獣人族の奴隷を私にお譲りいただけるのであれば、私の親戚の娘とでも偽って、なんとかして貴女をオークションへお連れしましょう。こちらも相応のリスクがある話ですが、お互いにとって悪くない条件かと。どうでしょうか」

　ナナカと視線を合わせてうなずきます。

　うまく餌に食いつきましたね。作戦成功です。

　あとはこちらも用意していた言葉で返すだけですわね。

「まあ、たったそれだけで紹介していただけますの？　ならばよろしくお願いいたしますわ」

　パチン、と手を叩いて喜びを露わにする私に、ザザーラン様も満足そうにうなずかれました。

「では、商談成立ということで。オークションは三日後の夜になりますが、その獣人の奴隷紋の譲渡はいつ頃行いましょうか」

　三日後ですか。ナナカの情報通りですね。

「この者は奴隷ではありますが、我が家の都合から刻印はしておりません。よって奴隷紋の譲渡は不要ですわ」

「なんと！　奴隷紋を刻まずに奴隷を飼っておられるのですか!?　随分とその奴隷の躾に自信がおありなのですね。いやはや剛胆なことです。では、いまその奴隷をいただいても？」

「いえ、それは明日にしていただいてもよろしいでしょうか。これは当家でも長らく重宝してきた奴隷ですので、別れを惜しみたく……」

「おお、そうでしたか。お気持ちお察しいたしますとも。わかりました。それでは、また明日に。いやはや、オークションを前にいい商品を入荷できて、こちらとしても助かりましたよ。はっはっは」

終始穏やかに商談を終えた私達は、伯爵邸をあとにしました。

お住まいのご本人も含めて、成金趣味のなんとも胸糞悪いお宅でしたね。

できれば二度とお邪魔したくないものです。

「……驚いた」

貴族街を抜け、露店で賑わう王都の商業区に着いた辺りで、ナナカがポツリとつぶやきました。

「なにがですの？」

「……ちゃんと話し合いで解決することもできるんだなって。絶対に途中で我慢できずに、あの貴族を殴ると思っていた」

その場でナナカの頭を拳でグリグリしてあげました。

躾のなっていない執事をお仕置きするのは、主である私の役目ですからね。

「……痛い。冗談だったのに」

「自業自得ですわ」

なにはともあれ、オークションへ招待していただくこともできて、一安心ですわね。

元々、希少な獣人族のナナカを奴隷として譲る代わりに、信用を得るという作戦でしたが、まさかあちら側から条件としてそれを提示してくれるとは思ってもみませんでした。

「でも、本当によかったのですか？　新たに刻まれた奴隷紋をあとで消すことはできますが、明日貴方を引き渡して以降、こちらでは身の安全を保障できませんわよ？　すぐに助けられるように動くつもりではいますけれど……」

乱れた髪を直してあげながら言うと、ナナカがコクリとうなずきます。

「……大丈夫だ。アイツの口ぶりでは、僕もオークションに出品されるだろう。それまでは、手荒に扱われることもないと思う。すべてが解決したあとに、回収してくれれば問題ない」

この作戦は元はといえば、ナナカ自身が提案したものでした。

私の命を狙った罪滅ぼしだと言っておりましたが、奴隷紋で命令に逆らえない状態だったのですから、もう気にしておりませんのに。

「……そんなことより、僕は眠い」

不意にナナカがフラフラとよろめき出します。

そういえばこの子……というより獣人族は夜行性でしたね。

我が家でメイドをしていた頃は、意識を覚醒させる魔法の薬を使って無理矢理起きていたみたいです。けれどここ数日は薬を切らしてしまったらしく、時折犬歯を剥き出しにして大きなあくびをしていたのを思い出しました。

「宿で寝ますか?」

ふらついて露店に倒れ込みそうになる身体を支えてあげながら言うと、ナナカはもう半分以上寝かかった表情でつぶやきます。

「……そうさせてもらう。夜になったら……起こ……して」

消え入りそうな声とともに、ナナカの身体がみるみるうちに黒狼に戻ってしまいました。

突然人間が狼になったことで、周囲を歩いていた冒険者や、商人の方々が目を見開いて驚いております。

珍しいですものね、獣人族は。

「ごめん遊ばせ。どうぞお気になさらずに」

微笑みながら周囲に会釈をして、ナナカを抱き上げます。

「まったく。主の手を煩わせるなんて、執事失格ですね」

宿に戻ると、ジュリアス様が暇そうに本を読んでいらっしゃいました。

彼はナナカを抱きかかえた私を見るなり「ペットでも飼うつもりか」と茶化してきましたが、当然のように無視です。無視。

私はジュリアス様のほうを見もせず、ナナカをそっとベッドに寝かせたのでした。

——王都グランヒルデの商業区。

数々の商店が立ち並ぶ大通りを、私は変装用にと買っておいた赤いエプロンドレス姿で歩いておりました。

熟睡しているナナカを宿に残し、散策にやってきたのです。

お昼を過ぎたばかりの通りは賑やかで人も多く、とても活気づいています。

私の気持ちとはまるで正反対に……

「先ほどの露店で食した肉料理は、地味な見た目ながらも中々に美味であったな。あの店の主人を王宮の料理人として雇えないか検討してみようと思うのだが、どう思う？」

平民風の地味な青色のチュニックで変装したジュリアス様が、私の隣を歩きながらしれっとした顔でのたまいました。

「あの、地味な服装をした金髪の殿方」

「なんだ、地味な服装をした銀髪の貴婦人」

互いに表面上はニッコリと微笑みながら、向き合います。

「なぜ私についてきていらっしゃるのでしょうか？」

「宿で留守番をするのも飽きたからな。ちょうど外に出ようと思っていたら、偶然タイミングが重なった。それだけのことだ」

いけしゃあしゃあと。

宿を出てからずっと、私の横を歩いているではないですか。

「そうでしたか。では私はあちらにまいりますので、ご機嫌よう」

背を向けて、ジュリアス様とは反対の方向に歩いていきます。

せっかく一人で悠々と商業区を歩いて回ろうと思っていましたのに、あのお方と一緒にいては、心が休まる暇もありませんからね。

さて、邪魔者はいなくなったことですし、商業区を満喫するとしましょうか。

「そこの銀髪の嬢ちゃん！　ウチのアップルパイは絶品だぜえ！　お嬢ちゃんカワイイから、もし買ってくれたら、おまけにこっちのリンゴもひとつつけちゃうよ！」

通りの両端に並ぶ露店から、おじさんが声をかけてきます。

それに答えたのは、なぜか私ではなく別の声でした。

「ならば二つ買うので、おまけも二つ分つけてもらおうか。そっちのマフィンももらおう」

「寄ってらっしゃい見てらっしゃい！　そこの麗しい銀髪のお嬢さん！　いまならこのミスリル製のネックレスがたったの銀貨十枚だよ！　もし買ってくれるなら、おまけにこのミスリル製のチョーカーもつけてあげよう！　きっと美しいお嬢さんにピッタリだよ！」

「こんな不純物が混じった粗悪なミスリル製品があってたまるか。言いふらさないでいてやるから、代わりに銀貨二枚にまけろ。もちろんこのチョーカーもつけてな」

「ちょっとそこの銀髪のお方。貴女の背後に禍々しい女の怨霊が見えます。ここで出会ったのもなにかのご縁、いまなら特別にアンデッドに効果のあるこの聖なるパワーストーンを金貨一枚で――」

「残念だが、この娘は怨霊程度なら素手で撃退できる力を持っているからな。余計なお世話だろう。だが、このパワーストーンはいいものだ。よし、私が買い取ろう」

あの……そろそろツッコんでもよろしいでしょうか。

「そこの金髪のお方」

「なんだ、そこの銀髪の娘」

ジュリアス様と再びニコーッと満面の笑みを浮かべて向き合います。

「先ほどおっしゃっていましたよね、偶然外出するタイミングが一緒になっただけだと」

「なんだ、そんなデマカセを本当に信じていたのか？　嘘に決まっているだろう。貴女にも可愛らしいところがあるのだな」

震える拳を、もう片方の手で押さえつけます。

ダメですよ、私。

ここで拳を振るってはいけません。

よりにもよって王宮が目と鼻の先にあるこの王都で、次期国王のお顔をブン殴るだなんて。

ああ、でも欲望に負けて、もう殴ってスカッとしてしまいたい。

お兄様、私どうしたらいいのでしょう。

「ふふっ……！」

口元を手で押さえて、ジュリアス様が笑いをこらえます。

よし、やっぱり殴りましょう。

「やはり貴女は面白いな。まさかこの私が、愚（おろ）か者を嘲笑（あざわら）うこと以外で、こんなにも愉快な気持ちになれるとは思っていなかった」

「それはよかったですね。さようなら」

顔をそむけて、早足でその場を立ち去ろうとすると、ジュリアス様に手を掴まれました。

「すまなかった。少しからかいすぎたな」

いまさら謝られても、もう遅いです。

そう思いながらも、一応反省している顔を見ようと半目で振り返ると……

「むぐっ」

口にサクッとしたパンのようなものを突っ込まれました。

リンゴとはちみつの甘さがお口いっぱいに広がります。

これはアップルパイでしょうか。とても美味でございますね。

「引っかかったな」

悪戯（いたずら）っ子のような無邪気な笑みを浮かべるジュリアス様。

抗議の声を上げようとして、急いで口の中のパイを食べきると、再び口にパイを差し込まれます。

「ほら、私の分もあげよう。味わって食べるのだぞ」

美味しいのは認めましょう。

ですが、食べ物につられて、私がいままでの蛮行を許すと思ったら大間違いですわ。

「同じ店で買ったリンゴのマフィンもあるぞ」

「仕方ないですね。許して差し上げます」

美味しい甘味には逆らえませんでした。

腹黒だけあって、人心を操る術には長けていらっしゃいますね。

やはり油断なりません、ジュリアス・フォン・パリスタン。

「流石に歩き疲れたな。少し休むか」

「珍しく意見が合いましたね。そういたしましょう」

商業区の商店を一通り回った私達は、王都の中央に設置された噴水の前にやって来ました。

そこには、私達と同じように憩いを求めてやってきた人々が、ところどころに置かれた木の椅子に座ってお話ししていらっしゃいます。

「こちらへどうぞ、レディ」

「あら、気が利きますわね。ありがとうございます」

ジュリアス様は椅子の上に大きなハンカチを広げ、気取ったポーズでそこを示して言いました。私はそれを見てくすりと微笑みながら、腰を下ろします。

腹が立つほど様になっているそのお姿に、平民風のチュニックがあまりにも似合わないんですもの。つい笑ってしまいました。

「随分とこの街に慣れていらっしゃいますのね」

「時折学院を抜け出して視察に来ていたからな。商業区に関しては勝手知ったると言ったところだ」

しれっとおっしゃっていますが、それは視察ではなくサボりと言うのでは？

そう言ってやろうかと思ったものの、私を淑女として扱ったその姿勢に免じて、今回だけは見逃して差し上げましょう。

「どうだった。我が国自慢の商業区は」

隣に腰かけたジュリアス様が、横目で私を窺いながらおっしゃいました。

「そうですわね。以前カイル様にお昼ご飯を買いに行かされていた時は、見て回る余裕がなかったのですが、こうして改めて見るととても活気があって面白い場所でしたわ。

楽しかったです」

ジュリアス様があまりにも純粋な、自分の宝物を自慢する子供のような目をしていたものですから、私は嫌味を言うのも忘れて、思わず普通に答えてしまいました。

まったく、甘いですね私も。

「特にジュリアス様がすすめて下さった甘いお菓子は、悔しいですがとても美味しゅうございました」

「そうか。口に合ったようでよかった。あれは是非、貴女に食べていただきたいと、ここに来るたびに思っていた。それと、楽しかったと言ったな。ならば無理矢理ついてきた甲斐もあったというものだ」

天使のような微笑みを浮かべながら言うジュリアス様。

私をからかうためについてきたのかと思っておりましたが、実は商業区を案内して回りたかったのでしょうか。

それならそうと、最初からはっきりおっしゃっていただければ邪険になどしませんのに。

天の邪鬼なお方ですね、本当に。

「私は退屈なことが嫌いだ」

遠くから聞こえてくる商業区の喧騒に目を細めながら、ジュリアス様が突然そんなことをつぶやきました。

退屈なことが嫌いじゃない人なんて、中々いないのでは？

そう思いつつ、とりあえず私は黙ってジュリアス様のお言葉に耳を傾けます。

「私にとって、世の中に存在する大抵のものはつまらない。それは退屈を嫌う私には、まるで拷問のようだとさえ思う。だから、せめてこの両目に映る狭い世界ぐらいは、面白いもので溢れていてほしいと願っている」

白く細長いジュリアス様の指先が、そっと私の手を取ります。

「幼い頃の私にとって面白かったのは、とても歪で醜いものだけだった。だが、いまは違うと断言できる。それは貴女と出会ったからだ」

「ジュリアス様……？」

戸惑う私に、ジュリアス様は不意に顔を寄せてきて、私にしか聞こえないような小さなお声で囁かれました。

「私は面白いことが好きだ。そして私にとって、いま一番面白いものはスカーレット、貴女なんだ」

そして、その言葉が終わるや否や、返答する間もなく、私の額にご自分の唇を静かに重ねたのです。

「……！」

あまりに突然のことだったので、私は思わず目を見開いて硬直してしまいます。

ジュリアス様はゆっくりと唇を離し、そんな私を面白そうに見つめました。

「……私のこの想いが、一般的な恋愛感情と異なるものだとは自覚している。だが、これだけは言わせてくれ」

いまだに困惑から抜け出せない私に向かって、ジュリアス様は優しく微笑みながらおっしゃいました。

「――スカーレット、私は貴女が愛おしい。この世界の、どんなものよりも」

いつもとは違う、裏表のない表情を、私はただ呆然と見つめることしかできませんでした。

気がつくと、私はいつの間にか宿に戻っておりました。

「……私、どうやってここまで帰ってきたのかしら」

窓から差し込んでいた陽射しは、すでに夕焼けに染まっております。

隣の部屋で寝ているナナカもそろそろ起き出してくる頃でしょうか。

そんなことをぼんやりと考えながら、私は初めて人の唇が触れた額に触れます。

「……そうやって貴方は、また私をからかって遊んでいらっしゃるのでしょう？」

この国を揺るがす調査をしている最中に、あのような告白まがいのことを言い出すなんて。

どれだけ私の心を掻き乱せば気がすむのですか、ジュリアス様は。

貴方が一体なにを考えていらっしゃるのか、私にはさっぱり理解できません。

だって、いままで一度だってそんな素振り、見せたことなかったではないですか。

ジュリアス様は私をからかっていらっしゃるだけ。

そう結論づけて、私は無理矢理思考を停止させたのでした。


翌日の朝。

宿にジュリアス様の姿はありませんでした。

お部屋には「少し出てくる。昼までには戻るから、奴隷商（どれいしょう）との交渉は任せた」との書き置きがしてありました。

昨日の今日で、彼にどんな態度で接すればいいかわからなかった私は、顔を合わせずにすんだことに胸を撫で下ろします。

さあ気を取り直して、ザザーラン様のお宅へとまいりましょう。

私とナナカは、再び貴族街へとやってきました。

今日のナナカは執事服ではなく、簡素な半袖のシャツと、七分丈のパンツをはいております。

奴隷になったら捨てられてしまうから、執事服は返しておきたいと言われたのです。

別に構いませんのに。

まあ、ナナカが帰ってきた時に、再び見繕うのは面倒ですからね。

私が保管しておいたほうがいいでしょう。

「お約束通り、我が家の奴隷を差し上げましょう。その代わりお願いした件、お忘れなく」

「承りました……と言いたいところですが」

ソファに深く腰かけたザザーラン様が、もったいぶるようにニヤリと笑みを浮かべます。

なんでしょう。

この期に及んで、なにか条件でも付け足すつもりでしょうか。

あまり調子に乗られると、私もそろそろ手が滑りかねませんよ。

ジュリアス様の一件と、この成金趣味のお家のせいで、ただでさえ気分が悪いといいますのに。

「取引をする前に、その少年が本当に獣人族であるかを確認させてほしいのです。この場で獣化してもらってもよろしいでしょうか？」

いまさらなにを言い出すのかと思えば、そんなことでしたか。用心深いことで。

「疑っていらっしゃるのですか？　私が貴方を騙そうとしていると」

「いえいえ、滅相もありません。ですが、念には念を……ですよ。琥珀の瞳に黒髪は確かに獣人族の特徴ではありますが、稀にいるのですよ。奴隷をそのように変装させて、高く売りさばこうとする悪人がね」

「はあ。わかりました」

奴隷の売買をしている時点で、貴方こそ悪人確定なのですが。

自分達の行いを棚に上げようなど、片腹痛いですね。

「ナナカ、獣化してあげなさい」

「……わかった」

ナナカの姿が人型から黒狼へと変わります。

それを見たザザーラン様は「おお！　素晴らしい！」と歓声を上げて拍手しました。

褒められたにもかかわらず、ナナカはそっぽを向いてピクリとも動きません。

当然ですわね。

このような人買いのクズに褒められたところで、嫌悪感こそあれ、嬉しいはずもありませんから。

「素晴らしい……これほどのツヤと毛並み。それに瞳の大きさと美しさ。オークションの目玉商品はこいつに決まりだ」

「お気に召したようで幸いですわ」

「オークションにご招待するだけで、これをいただくのは申し訳ないほどです。よければ後ほど、我が家で飼っている奴隷を紹介しましょう。格安でお譲りしますよ」

「結構です。欲しい奴隷はオークションで見繕いますので」

「ああ、そうでしたな。元々貴女は、オークションに出る希少な奴隷を見つけるために、ツテを探して回っていたのでしたな。しかしこの獣人族に勝る商品となりますと、探すのも中々骨が折れるのではありませんか？　一体どのようなものをお探しで――」

その時、ガチャリとドアが開き、筋骨隆々で毛深い殿方が客間に入ってきました。

そのお方は、部屋に入ってくるなり私をジロジロと無遠慮に見てきます。

ザザーラン様のお客人でしょうか。

あまりに粗野で教養のなさそうなお顔をしていらっしゃるので、山賊の襲撃かと思いました。

「ご主人、今日仕入れる奴隷ってのは、この女か？」

「ははは。違うよ、ドノヴァン。その女性は奴隷を売りに来たお客様だ」

「なんだ、ちげえのか。女なら売る前にたっぷり楽しめたのによ」

「おい、いい加減無礼だぞ。まったく。すみませんね、我が家の奴隷は躾がなっていませんで。お恥ずかしい限りです」

「……別に、気にしておりませんので」

この人間離れした体格と獣臭。

人間と魔獣のハーフであるライカンスロープでしょうか。

おそらくは護衛用の奴隷といったところでしょうね。

「お、じゃあ奴隷はこっちの狼のほうか。この毛色と目の色、獣人族か？」

「ああ。オークションの目玉になってもらう、ナナカ君だ。くれぐれも丁重に扱ってくれたまえよ」

「なにぬりぃこと言ってんだ。獣人族といやぁ、再生力が高くて有名なんだぜ？　ちょっとばかし手荒に躾けても問題ねえよ。オラ、来い！」

ドノヴァンさんがナナカに首輪をつけて、リードを強く引っ張りました。

首が絞まって苦しいのか、ナナカは「グルル……！」と低く唸りながら、しきりに頭を振っています。

「この！　言うこと聞きやがれ！　クソ犬が！」

ドノヴァンさんが懐から棘つきの鞭を取り出します。

そして抵抗するナナカに向かって、容赦なく鞭を振りかぶりました。

それを見た私は、とっさにソファから立ち上がって手を伸ばし――

「――どうやらここには、まったく躾がなっていないペットがいるようですね」

振るわれた鞭の先端を、手で掴み取りました。

「あ……？」

まさか自慢の得物を手掴みされるとは思っていなかったのか、ドノヴァンさんは口をあんぐり開けたまま、目を見開いています。

知能の低そうなお顔をあまり私に向けないで下さいますか？

顔面パンチを叩き込みたくなります。

「おつむの弱いバカなペットには、この私が直々にお仕置きをしてあげましょう」

にこやかにそう告げると、ドノヴァンさんはハッと我に返って不愉快そうな声でおっしゃいました。

「おいおい、この犬はもうご主人のものだろ？　困るんだよなァ、人の家の躾に口を出されちゃ。それとテメェ……」

ドノヴァンさんが鋭く尖った犬歯を剥き出しにして凄みます。

「誰がおつむの弱いバカなペットだ？　あと、お仕置きするとかなんとか、舐めたこと言ってくれたなァ？　ぐちゃぐちゃに引き裂かれてぇか、このアマァ……！」

「まあ恐ろしい」

本当に恐ろしいわ。あまりにも怖くて怖くて……

この方を、必要以上に痛めつけてしまいそうです。

二度と私に反抗しようと思えなくなるくらい、徹底的に。

「お嬢さん、あまりうちのドノヴァンを挑発しないほうがいい。察するに、貴方にも多少の武術の心得はあるのでしょうが――」

やれやれと肩をすくめながら、ザザーラン様が自慢げなお顔でおっしゃいました。

「その男、奴隷に落ちる前はA級冒険者だったのです。報酬の分配で揉めてパーティーメンバーを殺したのがきっかけで奴隷になりましたが、その実力は折り紙つき。我が国の騎士団長クラスでもなければ手に負えない、化け物なのですよ」

自信満々に説明していただいているところ、申し訳ないのですが……A級冒険者というものが一体どの程度の腕前なのかわからない私にとっては、そのお話、まるでピンときません。

「それがどうかなさいましたか？」

「ですから、余計な口出しは危ないとご忠告を――」

「もう遅え(おせ)ぇよ、ご主人。俺が客だとか女だとか気にして、なにもしないとでも思ったか？　頭にきたぜ、このクソアマ」

ザザーラン様のお言葉を遮(さえぎ)りながら、ドノヴァンさんが思い切り鞭(むち)を引いて私を引き寄せようとしてきます。

どうやらご自分の腕力に相当自信がおありのようですね。

察するに、いままで自分の思い通りにならない者はすべて、ご自慢の力でねじ伏せてきたのでしょう。

ですが世の中、上には上がいるものです。

それをいまこの場で、私が思い知らせてあげましょう。

「あ……？」

どれだけ鞭(むち)を力強く引こうとも、まったく動かない私の様子を見て、ドノヴァンさんが眉を顰(ひそ)めます。

なにかの間違いだと思ったのか、力加減を確認するかのように何度も鞭を引くドノヴァンさん。けれど私は、涼しい顔で一歩たりともその場から動きませんでした。

「ど、どうなってやがる⁉」

遂には両手で鞭を掴み、思い切り引っ張り出します。

私と綱引きでもしたいのでしょうか。

まったく、やんちゃなペットですね。

「まさか、この程度で全力ですか？」

「う、うるせえ！　なんだ、なんだこれは⁉　なんでこんな細腕の女一匹動かせねえ⁉　うおおおおお‼」

背を反らしながら体重をうしろにかけて、全力で鞭を引っ張るドノヴァンさん。

あまりにも必死すぎて、いっそ微笑ましいくらいです。

「こ、これは一体……？　おい、ドノヴァン。ふざけているのか？　そうなのだろう⁉」

「ちげえよご主人！　こいつ、俺が全力で引っ張ってるのに、ピクリとも動きやがらねえ！　なんつーバカ力してやがるんだ……！」

まあ、失礼な。

貴族の令嬢を捕まえてバカ力、だなんて。

口の減らないペットには、やはりお仕置きが必要ですね。

「さて、ザザーラン様」

「は、はい……っ⁉」

「このお方、ドノヴァンさんはオークションに出品される商品なのでしょうか？」

「い、いえ……その男は私個人の護衛兼、他の奴隷の調教係で――」

「そうなのですね、よかった。――では遠慮なくブッ飛ばせます」

「……は？」

鞭を握る手に力を込めて、思い切り引っ張ります。

「失せなさい――この痴れ者が」

「ぎ――っ⁉」

一瞬にしてドノヴァンさんが引っ張られ、背後の窓ガラスを突き破って遥か彼方に飛んでいきました。

少し遅れて、遠くのほうで破砕音と悲鳴が聞こえます。

どこか別の貴族の家にでも突き刺さったのでしょう。

まあ、あの速度と飛距離から鑑みるに、いくら生命力が強いライカンスロープとはいえ、しばらくは再起不能でしょうね。自業自得ですが。

「可哀相に……痛かったでしょう？」

私はナナカの傍に屈み込み、首輪を外して首元を撫でます。

首輪が食い込んだ部分にはミミズ腫れのような痕がつき、血が滲んでいました。

「――〝優しき風よ、彼の者の傷を癒やしたまえ〟」

治癒の魔法をかけると、すぐにナナカの傷が治ります。

……よかった。

あまりに深い傷だと魔法を使っても痕が残る心配があったのですが、ちゃんと綺麗に治せたみたいですね。

「ちゃんと迎えに行きますから。少しの間だけ我慢していて下さいね」

「わう」

囁きかけると、肯定するかのようにナナカが小さく吠えます。

そして、私の手から血が滴っていることに気づき、心配そうに頭を擦りつけてきました。

「ふふ。大丈夫ですよ、あとで治しますから。心配してくれてありがとう」

ぽんぽん、ともふもふした頭を優しく撫でてやりながら立ち上がります。

ソファのほうを振り返ると、ザザーラン様が口を開けたまま固まっておりました。

「そういえば先ほど、奴隷を格安で譲っていただけるとおっしゃっていましたね」

「は、はひっ⁉」

「お一人壊してしまいましたし、色々と弁償する費用も必要でしょう。ナナカをお譲りしたお礼は、これでチャラということでいかがでしょうか？　それと――」

私はゆっくりとザザーラン様に歩み寄ります。

顔面蒼白で震えている彼に、私は微笑を浮かべながら言いました。

「貴方にとって、奴隷は大切な商品なのでしょう？　商品価値を下げたくなければ、手荒に扱わないほうがよろしいかと存じます」

「き、肝に銘じておきますぅ！」

引きつったお顔で、ザザーラン様がブンブンと首を縦に振りました。

ここまで釘を刺しておけば、もう二度とナナカに手荒な真似はしないでしょう。

あとは二日後を待つだけですね。

それから、約束通りオークション会場の場所を教えてもらい、私はザザーラン様にもう一度微笑みかけました。

「では、オークション当日の夜にお会いいたしましょう。ご機嫌よう」

ザザーラン様の邸宅を出て商業区に戻ってきた私は、ずっと泊まっていた宿の前に見慣れた馬車が停まっていることに気がつきました。

はい、我が家の家紋つきの馬車ですね。

ということは、中に乗っていらっしゃるのはもちろん――

「――ようやく見つけたぞ、スカーレット」

馬車から降りてきたレオお兄様が、いつも以上に厳しくお顔を顰めて立ちはだかりました。

「ご機嫌よう、レオお兄様。本日はどのようなご用件でしょうか」

「誤魔化しは通じんぞ。とりあえず馬車の中で話を聞こうか」

がっしりと肩を掴まれ、私は助けを求めて辺りを見回します。すると馬車の窓越しに、ジュリアス様の観念したお顔が見えました。

朝から姿が見えないと思ったら、なに捕まってるんですか貴方は。

というか、潜伏先を吐きましたね？　このダメ王子。

昨晩貴方のせいで眠れなかった、私の睡眠時間を返しなさい。

第六章　彼らは私のお肉です。

そのままお兄様に王宮まで移送された私とジュリアス様は、王宮秘密調査室が普段会議に使っているという一室に通されました。

防音処理が施（ほどこ）されたその場所で、私がヴァンディミオン公爵家を出てからいまに至るまでの出来事を聞き終えたお兄様は――

「なにを無謀なことをやらかしているんですか、貴方達は」

いつものように天を仰（あお）ぎながら、両手で顔を覆（おお）っていらっしゃいます。

最後にお会いしてからそれほど経っておりませんのに、お兄様のこの反応が随分と懐かしく感じますね。なんだか気分がほっこりします。

「まあまあ、そう目くじらを立てるなレオ。結果的に、奴隷（どれい）オークションの開催場所を突きとめたのだから、問題はあるまい」

「そういうことを言っているのではありません！　私はやり方とリスクの話をしているのです！　御身がこの国にとってどれほど価値のあるものか、ご自分でもわかっていらっしゃるでしょう!?　それに――」

お兄様が私を見て、ため息をつきます。

「妹を……スカーレットを、これ以上危険な場所に出向かせたくないのです。物騒なあだ名で呼ばれてはいても、これはまだ十七歳の娘なのですよ」

「レオお兄様……」

流石は私のお兄様、なんとお優しいお言葉でしょう。

ジュリアス様にも是非見習っていただきたいものですね。

「そうは言っても、もうやらかしてしまったものは仕方あるまい」

「開き直らないでいただきたい！」

「そうですよ、ジュリアス様。反省して下さいね」

便乗してジュリアス様を叱責すると、お兄様が半目で睨んできます。

ここは大人しく反省したフリをしておきましょう。

「それで、そちらの調査のほうはどうなっている。まさか私が不在だったからといって、ただ手をこまねいて待っていたわけではあるまい？」

偉そうにふんぞり返るジュリアス様を見て、お兄様は頭痛をこらえるようにこめかみを押さえると、手に持っていた資料をテーブルの上に置きました。

「ゴドウィンが奴隷オークションに毎回顔を出しているという情報は、こちらが潜入させた諜報員によって裏づけを取ってあります。しかも今回は、ゴドウィン本人が主催するようです。会場の目星もいくつかつけておりました。こちらの動きが漏れることを警戒して警備隊にはまだ報せておりませんが、いつでも動員できるようにしております」

「上々だ。やはりお前に室長を任せて正解であったな」

準備はほぼ整っているということですね。

肝心のゴドウィン様がいらっしゃることも確定しましたし、あとは乗り込むだけですか。

「それで、オークションはいつ行われるのだ？　スカーレット」

「二日後の夜です」

「二日後ぉ!?」

お兄様が目を見開いて大声を上げます。

ジュリアス様は「意外と早いだろう」などと気楽に構えていらっしゃいます。

「いますぐに準備をしなければ……まず作戦の立案書を書いて、人員を選別して配置して……」

お兄様が頭を抱えてうつむき、ブツブツとつぶやき出します。

それを横目に、優雅に紅茶を飲んでいるジュリアス様。

あのカップにつけた唇が、昨日は私の額に触れたのですよね……

「なんだ、そんなに私の顔をじっと見つめて。見ての通り、今日は甘味を持っていないぞ。欲しいなら使用人を呼ぶが？」

私の視線に気づいたジュリアス様が、見当違いなことをおっしゃいます。

なんだか変に意識してしまっている私が、バカらしくなってまいりました。

それと私、そんなに食い意地は張っていませんからね。

「ジュリアス様は、レオお兄様のお手伝いをしなくてもよろしいのですか？」

「実動はレオの役目だ。私は指揮官なのだから、こうしてふんぞり返っているのが仕事なのだよ」

ただ単に貴方が面倒くさがりなだけでしょう、それ。

そんな風にジュリアス様を視線で責めていると、ひとまず考えがまとまったのか、お兄様が渋い表情で口を開きました。

「……とりあえず、話はわかりました。これより奴隷オークション当日の作戦準備をいたします。スカーレット、お前は馬車に乗って家に帰っていなさい。いいね」

「嫌でございます」

「よし……って、嫌!?」

切れ味のいいノリツッコミ、流石ですわお兄様。

「会場さえわかれば、調査室の人間を内部に入り込ませることは容易だ。わざわざお前が危険を冒して潜入する必要はない。だから、あとは私達に任せなさい」

「申し訳ございません。いくらレオお兄様のおっしゃることであっても、それだけは呑めません」

「……なぜそこまで意地を張る？　そうまでしてお前は、ゴドウィンを殴りたいのか？」

真剣なお顔で、お兄様が私の目を見据えてきます。

これは返答次第では、無理矢理にでも自宅へ帰されそうですわね。

お兄様に納得していただくためには、ちゃんと本心を話すしかありませんか。

「舞踏会の日、カイル様に婚約を破棄されてから今日に至るまで、色々なことがありました。我慢するのをやめて狂犬姫に戻った私は、ここ一週間ほどですでに片手ではすまないくらいの方々をサンドバッグにしております」

「おい……そこまで暴れていたとは一言も聞いていないぞ……」

途端に険しくなるお兄様の様子を無視して、私は真剣に訴えかけます。

「様々な人と出会いました。奴隷にされて、無理矢理命令を聞かされている子供。毎日の食べるものにも苦労して、物乞いをする大人達。平然とした顔で犯罪を犯し、私腹を肥やす貴族。私を苛立たせることだけが生きる喜びである金髪の殿方」

「おい、最後は私のことだろう、それ」

騒ぎ立てる金髪の殿方を無視して目を閉じた私は、お兄様にこの気持ちが届きますようにと、願いを込めて続けました。

「私は幼い頃から常々思っておりました。なぜこの世界では、善良な方ほど損をして、悪事を働いている方ほど得をしているのかと。ですが、まあ七歳になるまでの私は、そんなことよりもただ腹が立つ相手を殴ってスカッとできればいいやと思っていましたが」

「ずっと疑問に思っていたのだが、ヴァンディミオン公爵家は一人娘に、一体どんな教育をしてきたのだ？」

「優秀な家庭教師による、真っ当な教育をしてきたはずなのですが……」

真顔で問うジュリアス様に、顔を両手で覆ったお兄様が答えます。

ちょっとそこ、私の話はまだ終わっていませんよ。

「この一週間ほどで私は現実を知り、長年の疑問に対する答えを得ることができました。この国には弱者を踏みにじり、平然と悪事を働く者達があまりにも多くのさばっています。彼らは狡猾に立ち回っているため、真っ当な方法で裁くことはできません。そう、宰相であるゴドウィン様などは、その最たる例と言ってもいいでしょう」

初めは疑惑の目で私を見ていたお兄様が、いつの間にか真剣なお顔で耳を傾けていらっしゃいました。

私を危険に晒したくない一方で、その意志を汲んでやりたいとも思ってくれているのでしょう。

ありがとうございます、お兄様。

「蝶よ花よと育てられ、箱庭で生きてきた世間知らずの私には、この世界どころか、この国の事情さえよくわかりません。ですが、ひとつだけわかる確かなことがあります。それは――」

席から立ち上がった私は、両手を大きく広げて宣言しました。

「――やはり殴るなら、たっぷりと肥え太った悪い貴族が一番スカッとするということです」

「どうしてそんな結論になる!? いままで話してきた前振りはなんだったんだ!?」

「ぶふぅーっ！」

お兄様が絶叫して、ジュリアス様が紅茶を噴き出しました。

まあ、はしたない。一国の王子ともあろうお方が。

「結論としましては、法で裁けない悪がいるならば、私がこの手でブン殴って成敗しましょうというお話です」

「だから、お前がそれをやる必要がどこにある！」

「筆頭公爵家の娘である私でなければ、上位貴族の方を殴るなんてできないでしょう？」

私のそれらしい言葉に、ジュリアス様がうなずかれます。

「なるほど、それは一理あるな」

「でしょう？」

「ジュリアス様も、なにを同意しているんですか！　幼い頃ならまだしも、もしいまこの愚妹(ぐまい)がボンボコボンボコ上位貴族を殴って回ろうものなら、我が家は没落まっしぐらですからね⁉」

「まあお兄様。ボンボコボンボコだなんて、随分と可愛らしい言い回しをなさるのね。ふふ」

「レオ……ボンボコボンボコって。もう少し洒落(しゃれ)の利いた言い方はなかったのか？」

「言い方のこととかどうでもいいですから――！」

バンバンと机を叩くお兄様を横目に、私は椅子に座り直して、優雅に紅茶をいただきます。

ああ、やはり王室ご用達の紅茶は香りが違いますね。

ジュリアス様に頼んで、今度我が家にも届けてもらいましょう。

「冗談はさておきだ。レオ、私はスカーレットの潜入には賛成だぞ」

「ジュリアス様!?　貴方までそのような悪ふざけを！」

「まあ聞け。オークションの当日までもう日がないのはわかっているな？　となると、いまから潜入させられる調査室の人員は精々が十人といったところだろう」

髪を掻き上げながら、ジュリアス様が気怠げなお顔でお兄様と視線を合わせます。

「会場内では当然武装を解除させられるだろう。調査室の人員は全員が戦闘に長けているが、あくまでそれは武装をしているのが前提だ。魔法を使えたとしても、ゴドウィンの腕利きの護衛どもとまともにやりあえるとは到底思えん。警備隊に制圧させるとしても、奴隷売買の証拠を確実に押さえるためには、中での戦闘は避けられないだろう」

ジュリアス様の視線が、今度は私に向きます。

「その点、お前の妹は武器がなくても力を発揮できる。おそらく王宮警備隊の一個小隊規模ならば、単独でも余裕で撃破できるとみた」

「そんな、まさか……流石に買いかぶりすぎでしょう？　確かにスカーレットは加護を扱いますし、幼い頃からあらゆる戦闘訓練を受けてはおりましたが、そのような常識外れな働きをするとはとても……」

「なにを言っている。忘れたのか？　舞踏会での惨劇を。あの場には貴族以外に近衛兵が何十人倒れていたと思っている？　それを一人でやってのけたのだぞ、そこの狂犬姫殿は」

「まあ、酷い。まるで人を人外のように。失礼ですわ、ジュリアス様」

「私はただ客観的に見た事実を述べているだけだよ、救国の鉄拳姫様」

出ましたね、嫌味攻撃。

本当に、どうしてこのお方は素直に評価するということができないのでしょう。これでは感謝の言葉を言う気も失せるというものです。

「それで、レオ。どうする？　潜入させるメリットは説いたが、スカーレットはあくまで民間人であり、なによりもお前の家族だ。危険に晒したくないのであれば、参加させないという選択肢もある。判断は室長であるお前に任せよう」

「私は……」

困りきったお顔で、お兄様が私に目を向けてきます。

その視線を受け止めながら、私は祈るように両手を組みました。

お願い、お兄様。

私にゴドウィン様を殴らせて下さいませ。

「……お前には、ただの貴族の娘として、幸せになってほしかったのだ……それが一体、どうしてこんなことになってしまったのか」

お兄様は目頭を押さえながらうつむき、深くため息をつかれました。

そして、お顔を上げると、諦めきったお声でおっしゃいます。

「……わかった。スカーレットの潜入を許可しよう。ただし私の指示に従ってもらう。私がいいと言うまで、絶対に暴力は振るわないこと。それでいいな？」

「十分ですわ。お兄様、ありがとうございます」

笑顔で答える私に「本当にわかっているのだろうか」と嘆息なさるお兄様。

心配は無用ですのに。私だって、もう子供じゃありません。

大事な言いつけを守るくらいのことは、できますよ。

「願いが叶ってよかったな、スカーレット」

くっくっと黒い笑みを浮かべながら、ジュリアス様がウィンクしてきました。

すごく癪なのですが、今回に関してはジュリアス様に感謝しなければなりませんね。

「お口添えいただき、ありがとうございました」

「礼などいらん。その代わり、オークションの当日はしっかりと私を楽しませてくれたまえ。我が愛しの君よ」

そう言って、口の端を吊り上げるジュリアス様。

なにを上から目線でと、気に食わないことこの上ありません。

ですが、少しだけ。ほんの少しだけ……

私を愛しいと言ってくれた時から、貴方の声を心地好いと感じてしまっているのも事実。そのことに、ただただ私は自分を殴りたい気持ちでいっぱいでした。

こんな腹黒王子を好きになるなんて、そんなことあり得ませんからね。


「――本日はお招きいただきありがとうございます。それでは会場までエスコート、よろしくお願いしますね、ザザーラン様」

「は、はい……」

奴隷オークション当日の夜。

夜会用の白いドレスに手袋を嵌めた私は、同じく夜会用のタキシードを着たザザーラン様とともに馬車に乗り込みます。

「どうかいたしましたか？　先ほどから震えていらっしゃるように見えますが」

「い、いいえ！　そ、そ、そのようなことは決して！」

あらあら。護衛のドノヴァンさんにお仕置きしたのを間近で見たせいかしら。

すっかり怯えさせてしまったみたいですね。

大丈夫ですよ、貴方を殴りはしませんから。……まだ。

「ふふ。そんなに緊張しないで下さいませ。そうそう、私の忠告通り、奴隷の方々をちゃんと丁重に扱っていらっしゃいますか？」

「そ、それはもう！　特に貴方から譲っていただいた獣人族の少年は、この日のために、傷ひとつつけずに大切に保管しておりますとも！」

「では、予定通り今日のオークションに出品なさるのですね。ナナカも」

「そ、そうなりますな……商品のほうはすでに会場に届けてありますが」

あの日、釘を刺したのが思いの外利いているようでなによりです。

ナナカのことは気がかりではありますが、後ほど合流できるでしょうし。

いまは目先のことを考えておきますか。

「今日は確か、私はザザーラン様の親戚として入場するのでしたね」

「はい……ああ、そうでした」

ザザーラン様が懐からマスクを取り出します。

仮面舞踏会で使われる、目元だけが隠れるものですね。

「会場に入る時はこのマスクをおつけ下さい。オークションでは互いのことを詮索しないのがルールとなっておりますので」

身元を知られたくないなら、完全に顔を覆い隠すなり、方法はいくらでもありますのに。

スリルを楽しんでいるつもりでしょうか。

国を腐敗させている上位貴族の方々にとっては、いわゆるお遊びのひとつなのでしょうね。

それも、今日で終わりですが。

「承知いたしました。お互いにいいお買いものができるといいですわね」

馬車はしばらく進むと、貴族街のちょうど中心辺りで停止しました。

降りた先には、議会等で使われる大講堂が立っています。

まさかここでオークションが行われるなど、誰が予想できたでしょう。

一応入り口に警備の兵が立ってはいるものの、建物の中は真っ暗で、人の気配などまったくしません。

「オークションは、本当にこの中で行われるのですか？」

「ええ。と言っても、今回のオークション会場はこの講堂の地下二階にある大ホールとなっておりますが。さあまいりましょう」

ザザーラン様に誘われるまま、大講堂の中に入ります。

ランタンがほのかに照らす中、私達と同じようにマスクをつけた客人達が、地下に続く階段へ向かっていくのが見えました。

私達もあとを追うように地下への階段を下りていきます。

下れば下るほど、次第に人の声が大きくなっていき、やがて視界が開けると、そこには大きな劇場型のホールが広がっていました。

「――なるほど。これが国内最大級の奴隷オークションというわけですね」

ホールの至るところに小さな丸いテーブルが置かれ、そこかしこで給仕達が客人達をもてなしています。

そして言わずもがな、そこら中にうじゃうじゃと、マスクをつけた豪華な身なりの男女が立っておりました。

奥に鎮座する、奴隷を見世物にするためのものであろう舞台を除けば、まるでパーティーのよう。

彼らにとっては奴隷の売り買いなど、夜会の延長でしかないということなのでしょうね。

嫌悪感を覚えずにはいられません。

「みなさん、今日はどのような奴隷をお探しに？」

「獣人族のオスが出品されると聞きましたので、それを見にきましたの」

「私は甥にプレゼントする性処理奴隷のエルフを見繕いに――」

「戦闘用の奴隷を戦わせる興行を開こうと思っていましてな。強い奴隷が――」

「ですが今回のオークションの目玉は、やはりなんといっても、有翼人の――」

耳をそばだててみれば、聞こえてくるのはそんな醜悪な会話ばかり。

やはりここに集まっている方々は、誰も彼も殴られても仕方のない、人間のクズのようですね。

安心しました。

これで遠慮なく――この場を地獄に変えることができます。

どなたを殴ったら一番心地好いか値踏みをしていると、うっかり殿方とぶつかってしまいました。

「……失礼」

ドン、と、まるで大木にぶつかったかのような感触。

どうやらこのお方、相当お身体を鍛えているみたいですね。

「いえ。お気になさらず」

殿方は微笑みながら会釈して立ち去っていきます。

うーん……？　いまの声、そしてあの体格と、顔立ち。

どこかでお会いしたような気がするのですが。

「……まあ、いいでしょう」

誰であれ、私の邪魔をするようであれば片っ端から殴り倒すだけですし。

とにかく、いまは目的の人物――宰相ゴドウィン様を捜しましょう。

必ずこの会場のどこかにいるはずです。

お兄様から聞いた情報によれば、今回のオークションの主催者はゴドウィン様ということですし。

オークションに足繁く通っていらっしゃると噂のゴドウィン様が、主催するイベントに来ないわけがありませんからね。

「さて、どこにいるのでしょうね。私の拳の想い人は」

そのあと、ザザーラン様と別れ、ゴドウィン様を捜しながら歩き回っておりますと、不意にホール全体の灯りが落ちました。

大騒ぎになるかと思いましたが、周囲の方々に驚いている様子はありません。

なにかの演出かしら。

「お集まりのみなさま！　長らくお待たせいたしました！　これより奴隷オークションを開始いたします！」

そんな声とともに、ホールの最奥、舞台付近に小さな灯りが点ります。

わずかな光源に照らされた舞台の横には、奇術師めいた格好の殿方が立っていました。

奇術師は気取った仕草で深々と一礼します。

そして顔を上げたあと、出し抜けにパチンと指を鳴らしました。

すると、消えていた灯りが一斉に点ります。

「本日の饗宴、心ゆくまでお楽しみ下さい！」

奇術師が両手を広げて叫ぶと、会場に壮麗な音楽が鳴り響きます。

いつの間に準備していたのでしょう。

舞台のうしろには、数十人にも及ぶオーケストラが座し、各々の楽器を弾き鳴らしておりました。

「おお、素晴らしい！」

「見事な演出！　今日の主催者様は盛り上げるのがお上手ですな！」

周囲の方々はその演出を大層気に入ったご様子で、大きな拍手と歓声を送っています。

こんな犯罪の温床を盛り上げるために、わざわざ音楽家の方々を呼び出すなんて。

宰相ともなれば、そのくらいのことは訳ないということですか。

なんという悪趣味な計らいでしょう。まったくもって度し難い。

「ようし、今日は必ず目当ての奴隷を手に入れるぞ！」

「はっはっは！　私も負けませんぞ！　今日のためにわざわざ領民の税を横領して、たんまりと資金を用意してきましたからな！」

「まあまあ、みなさま用意周到でいらっしゃること。私如きが持参したお金では、とてもとてもかないっこありませんわね」

「なにをおっしゃいます、レディ。パルミア教の神官達を虜にして、たくさん貢がせたとお聞きしましたぞ？　大層、弾をお持ちなのではないですかな？」

パルミア教というのは、我が国で信仰されている国教です。神に仕える神官からまでお金を巻き上げる輩がいるなんて……

聞いているだけで耳が腐りそう。

悪事を嫌うお兄様が見たら、きっと激怒なさるでしょうね。

「それでは最初の商品をご紹介しましょう！　ご覧下さい！　世にも珍しい、片翼の有翼人でございます！」

司会の奇術師が声高らかに述べると、背の高い片翼の殿方が、手錠と足かせをつけられた状態で運び込まれてきました。

大陸北部に位置する公国ファルコニアの険しい山脈に住む有翼人。彼らは、獣人族以上に個体数が少ない希少種ですから、お客人の方々は熱狂していらっしゃいます。

さて、この盛り上がりに紛れて、早くゴドウィン様を見つけなくては。

主催者ということは、この会場全体を見渡せるような場所にいらっしゃるのかしら。

例えば——

「おい」

思案していると、突然背後から腕を掴まれました。

反射的にブン投げてしまおうかと思いましたが、ここで騒ぎを起こすわけにもいかず、渋々振り返ります。

「私だ」

「あら」

そこには、深い藍色のタキシードを身に纏い、マスクで目元を覆った金髪の殿方がいらっしゃいました。

ええ、というか、その……

仮面ぐらいでは、この方から溢（あふ）れ出る高貴な雰囲気は隠しようもありません。

「よろしいのですか、指揮官である貴方が直接乗り込んできて」

言わずもがな、ジュリアス様です。

二日前の会議では、私を楽しませろなどとおっしゃっておりましたが、まさか自ら潜入してくるなんて思いもしませんでした。

「ゴドウィンは見つけたか？」

「いえ、どこにいるのか、見当もついておりません」

というのは、嘘です。

実はもうある程度の目星はついております。

「そういえば、レオお兄様はどちらにいらっしゃるのですか？」

「レオは会場の外で、王国警備隊の指揮をとっている。会場の中では調査室の人員を数人見かけたが、まだゴドウィンは発見できていないと言っていた。早い者勝ちだな、これは。ちなみにこの大講堂はすでに完全に包囲しているから、ここにいる俗物どもを逃がすことは、万が一にもないだろう。あとは突入の合図を出して、言い逃れができぬよう、一番の大物をこの場で取り押さえるだけだ」

あらあら、仕事がお早いことで。

ですがいけませんね、このままでは。

最重要案件である、私の拳の叩きつけどころがなくなってしまいます。

「ジュリアス様、取引をいたしましょう」

「なに？」

「私がゴドウィン様をブン殴るまで、突入を待って下さいませんか？」

お兄様は勝手なことをするなと再三に渡っておっしゃっていましたが、申し訳ございません。

ゴドウィン様を殴ること、この一点だけは決して譲れません。

だって、舞踏会が終わってからずっと、私はあのお方の顔面に拳を叩き込むことだけを夢見てきたのですから。

「それは私とて望むところだ。貴女がヤツを殴るところを見るために、わざわざ潜入班に加わったのだからな。警備隊への合図は私が出すことになっているから、ぎりぎりまで待とう。ただ、あまりにも見つけるのが遅くなると、その限りではないが」

私の言葉に、ジュリアス様は当然のようにうなずきます。

思っていた通りの答えが返ってきて、安心いたしました。

もう付き合いも長いですし、このお方の行動原理は大体読めております。と、思っていましたら……

「で、そのお願いを聞くかわりに、貴女は私にどんなメリットを提示してくれるのだ？」

ちゃっかり交換条件をつけようとしてきました。

いま自分で、望むところだとおっしゃっていたではないですか。

ですが、仕方ありませんね。

取引と言ったのは私のほうですから。

私はスカートの裾を摘まみ、恭しく一礼します。

「王家に、王国に。この身が朽ちるその時まで、生涯変わらぬ忠誠を捧げると誓いましょう」

するとジュリアス様は、即座に首を横に振りました。

「ダメだ、王家ではない——私個人に忠誠を誓うと約束してもらおう」

「……っ」

……また、ですか。

またそうやって私を混乱させようとしていますね、この腹黒王子は。

もうその手には乗りませんよ。

「……時が経てばいずれそうなるでしょう。貴方は次期国王陛下なのですから」

「待てん。いま誓ってもらおう。それが条件だ」

その口調は、まるで冗談とは思えないほど真剣です。

マスク越しに見えるサファイアの瞳は、私の目をまっすぐに見つめていました。

「……わかり、ました」

絞り出すような小さな声で、私はそう口にします。

だって、仕方ないではないですか。

そう言わないと、ゴドウィン様を殴れないのですから。

「その言葉に嘘偽り（いつわ）はないな？」

ジュリアス様が手を伸ばしてきて、私の唇をゆっくりと指先でなぞります。

まるでお前の唇は、自分のものだと言わんばかりに。

「……卑怯ですわ。こんな脅迫めいた真似」

「いまさらだな。私が腹黒い男だということなど、貴女はとっくに知っていたはずだろう？」

フッ、と口元を歪（ゆが）ませて、私の唇から指を離したジュリアス様は、オークションで盛り上がる会場を一瞥（いちべつ）してから、こちらに向き直ります。

「貴女の忠誠は、すべてが解決したあとでゆっくり示してもらうとして――」

隙を見せてはいけないお方に、弱みを握られてしまいました。

ゴドウィン様を殴るためとはいえ、もしや私は最悪の選択をしてしまったのでは？

「そろそろオークションも佳境に入る。殴るのであれば、居場所の見当ぐらいはつけないとまずいぞ」

「それは問題ありません。あちらをご覧下さい」

この会場全体を見渡せて、かつ最も逃げやすい場所となると——もう、あそこしかないでしょう。

「上の階のボックス席か」

地下二階であるこの場所を見下ろせる、地下一階の特別席。

そこには、仮面をつけた数人のお客人達と護衛らしき兵士達が集っていました。

「ゴドウィン様はあの中にいらっしゃるかと。まあ本命を殴る前に、場合によっては他の方々の相手もしなければなりませんが」

「実に楽しそうだな。貴女にとってはただの前菜といったところだろうが」

「そのようなことは……」

もちろん、ありますよ。

今日という日を、ずっと心待ちにしていたのですからね。

もう拳が疼いて仕方がありません。

「よし。すべて貴女に任せる。他の調査室のメンバーに気づかれても面倒だ。さっさと殴りに行くとしよう」

「はい」

それではみなさま、お待たせいたしました。

スカーレット・エル・ヴァンディミオンが送る、一世一代の撲殺劇。

とくと、ご覧あれ。


周囲に怪しまれないよう、さり気なく階段を上がります。

地下一階に着くと、ここから先は通行止めだと言わんばかりに、兵士の方々が詰めていらっしゃいました。

殴ってもいいのですが、ここで騒ぎを起こして奥にいる本命に逃げられては本末転倒ですね。

そんな風に思案していると、ジュリアス様が私を追い越してずんずんと兵士達のほうへ歩いていきました。

なにをしていらっしゃるのでしょうか、あのお方は。

さらに目配せをしてきて、自分が引きつけると言わんばかりの態度です。私に任せると言っておきながら、なんたる自分勝手な振る舞いでしょう。まったく。

「お客様。ここから先は関係者以外立ち入り禁止となっておりますので」

「ならば問題はないな。私はオークションの主催者の関係者だ。通してもらおう」

その言葉に、兵士の方々が顔を見合わせます。

「……失礼ですが、貴方のお名前は？」

ジュリアス様が仮面を外し、悪そうな笑みを浮かべながら口を開きました。

「――パリスタン王国第一王子、ジュリアス・フォン・パリスタン」

「っ⁉　誰かこのことを主催者に――」

叫ぼうとした兵士が、糸の切れた人形のように床に崩れ落ちました。

続いてバタリバタリと、他の兵士達も倒れていきます。

「私を巻き込まないよう、よくコントロールできたな。流石(さすが)は魔法学の試験で首席を取っただけのことはある」

「僅差(きんさ)で次席だったジュリアス様に言われても、あまり嬉しくはないですが」

いつぞやにも使った催眠(スリープ)の魔法です。

秘密裏に事を運ぶには、最適な手段と言えるでしょう。

しかし、何度使っても好きになれませんね、これは。

こんな手段で相手を倒すなんて、味気ないにもほどがあります。

誰かを黙らせる時は、やはり拳(こぶし)で殴らなくては。

「くく。そんなあからさまに不満そうな顔をするな。本番はこれからだろう?」

「わかっております」

ふい、と顔をそむけながら廊下を先へ進みます。

私が鬱憤(うっぷん)を溜め込んでいる姿が、そんなに面白いのかしら。

もう、ジュリアス様なんて知りません。

そのまま廊下をずんずん歩いていくと、黒い服を着崩した柄の悪いお方と遭遇しました。

「あん? なんだお前ら。誰の許可を得てここまで入ってきた?」

こんなスラムの悪漢と同レベルの者を雇っているなんて。

少し手緩(てぬる)すぎはしませんか?

「おい、見張りの兵士はどうした? ったく、使えねーヤツらだな。誰も入れるなって言われてただろうがよ。あー面倒くせえ」

その男性はぼやきながらも、腰にさげていた剣を抜いて私に近づいてきます。

それを見て、ジュリアス様が「はっ」と、鼻で笑いました。

「ゴドウィンも、どこぞの誰かが舞踏会で大暴れしたおかげで、大分痛手を被ったと見える。護衛を満足に雇う余裕すらないのだろうよ。王宮内であれば王宮近衛兵も呼べるのだろうが、外に出ればこんなものか」

「好都合ですが、張り合いがなさすぎるのも問題ですわね」

右足をうしろに下げた私は、左足のつま先に力を込めて溜めを作ります。

すると床が、ズシンと音を立てて陥没しました。

ジュリアス様が噴き出すのが聞こえましたが、無視です。

「貴方に特別恨みがあるというわけではないのだけれど、申し訳ございません。いま、私……ブッ飛ばせるなら、誰だって構わない気分なんです」

「は？　なに言って――」

「お飛びになって下さいませ」

弧を描くように右足を大きく振り上げ、黒服のお方を思い切り蹴り飛ばします。

メキメキメキィ、と足がお肉にめり込み、骨を砕く感触が身体中に響いてまいりました。

ああ、なんと甘美な調べでしょう。

これを味わうためであれば、私はどんな悪人とでも対峙しましょう。

「ぎゃあああ‼」

絶叫しながら、黒服のお方が空中を回転しつつ飛んでいきます。

行き先は、ゴドウィン様がいるであろう廊下奥のボックス席付近です。

「ぐわあああ⁉」

「な、なんだ⁉　人が飛んできたぞ⁉」

飛んでいった黒服のお方が、何人かのお客人にぶち当たり、動かなくなりました。

勢い余ってやってしまいましたが、これでゴドウィン様が巻き込まれて気絶でもしていたら、残念でなりません。

だって、気絶している方を殴っても、面白くもなんともないですし。

と、思っていましたら——

「おのれ、何者だ！　私がこのオークションの主催者だと知っての狼藉(ろうぜき)であるか！」

廊下の奥から、見るからに高価な装飾品をじゃらじゃらと首にぶら下げた、いかにも悪徳貴族らしいお方が姿を現しました。

ご自分から出てきて下さるなんて。探す手間が省(はぶ)けました。

「貴様か！　こんなふざけた真似をしたのは！　名を名乗れ曲者(くせもの)が！」

その方は、周囲の取り巻きや兵を押しのけて、鼻息荒く出てきます。

鋭い目つきに、尖ったお鼻。

しゃくれた顎に、だらしないお腹。

以前お会いした時と寸分違わぬこのお姿。

間違いありません。

この方こそ、宰相ゴドウィン・ベネ・カーマイン様でいらっしゃいます。

「ようやくお会いすることができましたわね。この時を待ち焦がれておりましたよ――私の拳の想い人」

仮面を外し、顔にかかる長い銀髪を撥ね除けます。

私の素顔を見たゴドウィン様は、わなわなと身体を震わせながら叫ばれました。

「ぎ、銀髪に凍えるような青い瞳……貴様、スカーレット・エル・ヴァンディミオンか！」

「ご明答でございます」

パチパチと、笑顔で拍手を送ってあげましょう。

ご褒美はなにがいいでしょうか。

はいはい、わかっておりますとも。

拳、ですね？

「ち、父上！　こいつです！　この女が舞踏会で私の顔を殴ったのです！」

ゴドウィン様のうしろから、彼とまったく同じ首飾りを身につけた、私と同い年くらいの男性が顔を出します。

ああ、思い出しました。

確かこの方は、カイル様の取り巻きだったハイネ様ですね。

そういえば、このお方も舞踏会にいらっしゃったと聞きました。

実際にお顔を拝見しても、殴った時のことは思い出せませんが。

「ご機嫌麗しゅうございます、ハイネ様。その後、お加減はいかがですか？」

「言うに事欠いて、お加減はいかがですかだと？　貴様ぁ……！」

お顔を真っ赤になさって、まるでリンゴのようですわね。

これは握り潰し甲斐がありそうです。

「貴様のおかげで、あの舞踏会のあとどれだけ大変だったかわかるか！　カイル様を国王に擁立しようとしたなどとあらぬ疑いをかけられ、捕縛されたのだぞ！　私を牢から出すために父上がどれだけの保釈金を積んだことか！　賠償しろ！」

またとんでもないことをおっしゃっておりますね。

捕まったのは自業自得ですのに、こちらに賠償しろなどと。

片腹大激痛でございます。

しかもさり気なく、聞き捨てならないこともおっしゃっていましたね。

「ジュリアス様、保釈金を出せば国家反逆罪を犯した政治犯を釈放してもいいものなのですか？」

「いいわけがなかろう……賄賂(わいろ)による減刑が平然とまかり通るなど、司法の理念からは程遠いわ。王宮に戻ったら、各部署の人事の再編を急がなければならんだろうな。ちっ、この愚(おろ)か者どもが。面倒を増やしおって」

不愉快そうに舌打ちをするジュリアス様を見て、誠に不謹慎ではありますが、少しだけ気分が晴れました。

こんなことを言ったら怒られてしまうから、心のうちに秘めておきましょう。

「おい、なんだその晴れ晴れとした顔は」

「ふふ。なんでもありませんわ」

バレておりましたか。

ですが先ほどまでは私が笑われる一方でしたからね。

お返しですよ、王子様。

「貴様らぁ！　私を無視するんじゃない！　そもそも誰だ、そこの男は！　どうせどこその位(くらい)の低い、男爵子息かなにかであろう！　名を名乗りひれ伏せ！　私はここにいらっしゃる宰相、ゴドウィン・ベネ・カーマインの息子だぞ！」

ええ……バカだバカだとは思っていましたが。

ハイネ様、この国の第一王子のお顔をご存知ないのですか？

それでよく宰相の息子だと、自信満々に名乗れたものですね。

ただ、流石にゴドウィン様は違ったようで、顔を真っ青にして叫びます。

「あ、貴方はまさか……ジュ、ジュリアス殿下!?」

その言葉を聞いた周囲の貴族の方々は、顔を見合わせて笑い出しました。

「なにをおっしゃっているのです、ゴドウィン様。このような場所にジュリアス殿下がいらっしゃるわけがありますまい」

「ここの存在が決して外に漏れぬよう、徹底的に情報操作しているというのに。まったく、ゴドウィン様も心配性ですなあ？」

「それに、もしあれがジュリアス殿下であれば、奴隷オークションに集まっていることが知れた私達は、もうおしまいではないですか」

「しかりしかり！　タチの悪い冗談はやめていただきたいですなあ？　はっはっは」

類は友を呼ぶとは言いますが。

まさかここに集まっているお方全員、こんな低能揃いとは。

いくら扱いやすくても、流石にもう少しお仲間を選んだほうがいいのでは。

「ジュリアス様を騙る不届き者め！　スカーレットごと、私が成敗してくれるわ！」

ハイネ様が私達に向かって両手を突き出し、出し抜けに魔法を唱え始めます。

「雷よ！　天上から降り注ぎ、彼の者を打ち据えよ！」

低級の雷撃魔法ですか。

けれど、思ったより制御が安定していて、それなりに形になっていることに驚きました。

頭はおバカでも、少しは魔法を扱えるようですね。

「バカは花火を持つなと、家で教育されなかったのか？　愚か者め」

気怠そうにぼやいたジュリアス様が、懐から王家の紋章が刻まれた指輪を取り出します。

それを指に嵌め、向かってくる雷撃の魔法に向かって手を掲げると、高らかに声を響かせました。

「――王族たる我が名において命じる。私はその魔法を〝許可しない〟」

次の瞬間、ジュリアス様の目の前まで到達していた魔法が霧散しました。

今日は大盤振る舞いですね、ジュリアス様。

そのお力まで使われますか。

「な、なぜだ!? なぜ魔法が発動しない!? ……わ、わかったぞ! その指輪のせいか!」

お顔を真っ赤にしたハイネ様が、ジュリアス様の手元を指さします。

ジュリアス様は指輪を見せつけるように手を掲げたまま、答えました。

「これは我がパリスタン王家の秘宝であり、私が次期国王である証(あかし)――〝王帝印の指輪〟だ」

王帝印の指輪。

その名の通り、将来国を統(す)べることとなる次期国王にのみ受け継がれてきた幻想級の魔道具です。

魔道具とは、その名の通り魔力が込められた道具のことで、いくつかの等級に分けられています。

その中でも、世界にひとつしか存在しない超希少(きしょう)な魔道具を、幻想級と呼びます。このクラスの魔道具は、どの国でも国宝に認定されていて、厳重に保管されていると言われていました。

王帝印の指輪は、学院の教科書にも載っているほどに有名な魔道具です。その効果は、自分の国に所属するすべての人間の魔法を、言葉ひとつで制限できるというもの。

ハイネ様の魔法が霧散(むさん)したのは、王帝印の指輪によって打ち消されたからでしょう。

「じゃ、じゃあ、もしかして貴方は本物の……？」

貴族の一人が、呆然とつぶやきます。

「己が仕える王子の顔すら忘れたか？　頭が高いぞ、俗物ども」

「は、ははーっ！」

ちょっとみなさま、なんであっさりと床にひれ伏していらっしゃるのですか。

ジュリアス様に媚を売るのは構いませんけれど、このまま自首するのだけは絶対にやめて下さいね。

私の鬱憤が晴らせなくなってしまうではないですか。

「な、なにを頭を下げているのだ貴公ら！　こいつがジュリアス殿下のはずがない！　偽者だ！　騙されるな！」

この期に及んでまだ両手を広げて、偽者だと訴えるハイネ様。

流石に、わざと言っているのですよね？

王帝印の指輪まで持ち出されて信じない人は、もうこの国にいませんよ。

もしや別の国で暮らしていらっしゃったとか……？

「第一に、表向きにはジュリアス様が王位を継ぐと言われているが、実際に次期国王になるのはカイル様のはずだろう！　ということは現在、王帝印の指輪を持っているのはカイル様だ！　つまり貴様が持っているそれは偽物であろう！」

まだその話を信じていたのですか。

周りの貴族の方々も、なに言ってるんだこいつ、みたいな目で見ておりますが。

「ご存知ないようなので一応言っておきますが、カイル様はすでに廃嫡されており、一生離宮に幽閉されることが決まっておりますのよ」

「貴様の言葉などに騙されるものか！　毒婦め！　カイル様が離宮におられるのは、第一王子派の卑劣な魔の手から御身を守るためだ！」

「いい加減、現実をご覧になってはいかがでしょうか。離宮とは元より、国家に反逆して捕らわれた王族が幽閉される場所であると決まっているでは――」

「あーあー！　貴様の妄言はもはや聞くに堪えんわ！　耳を貸す価値なし！」

「あの」

「あー！　あー！　あー！」

「えっと……？」

「ああーーーーー！」

ハイネ様は遂には大声で私の声を遮ってきました。

都合が悪いことは聞きたくないということでしょう。

まるで駄々をこねる子供のようです。

「なんだこのド阿呆は……本当にこいつがあの狡賢いゴドウィンの息子なのか？　流石にここまで酷いとは聞いていないぞ」

呆れた顔でジュリアス様が肩をすくめます。

なにをおっしゃっているのですか。こんなものじゃありませんよ。

これと同レベルであるカイル様や、取り巻きのおバカさん達とともに過ごした数年間、私は文句ひとつ言わずに笑顔で我慢してきたのですよ。

どれだけの鬱憤が溜まっていたか、想像できますか？

ああ、思い出したらまた腹が立ってきました。

「よく言ったぞ、我が息子ハイネ！」

突然、ゴドウィン様が叫びます。

平伏していた貴族の方々が、ポカンと口を開けてゴドウィン様を見上げました。

「息子の言う通りだ！　こんな場所にジュリアス殿下がいらっしゃるわけがない！　あれは偽者だ！　貴公ら、なにを頭を下げておる！　面を上げよ！　彼奴は殿下の名を騙る不届き者ぞ！」

「し、しかし王帝印の指輪が！」

「偽物だ！　本物はもっと神々しい金色だったであろう！　貴公ら、それでも栄誉あるパリスタン王国の臣民か！」

苦しいですわね、ゴドウィン様。

このお方のことですから、周りを味方につけるため、あえてこのようなことをおっしゃっているのでしょう。けれど、パリスタン王国に生きる者であれば、一目でそれが王帝印の指輪だと理解できるはずです。

ところがこの方々は、想像以上のおバカさん達だったようです。

「そう言われてみれば確かに……」

「な、なんだ……偽物だったのですか」

「そうですな！　こんな場所に殿下がいらっしゃるはずがない！」

「金髪の小僧め、よくも謀ってくれたな！」

「兵士ども、あの二人を取り押さえよ！」

流石にゴドウィン様も、複雑な表情をしていらっしゃいますね。

ですが、同情はいたしませんよ。

私はそんな貴方を完膚なきまでにボコボコにするためだけに、ここまでやってきたのですからね。

「その栄誉ある国を内部から腐敗させているお前が、よくもまあいけしゃあしゃあと、そのようなことをほざけたものだな、ゴドウィンよ」

見下すようにジュリアス様が嘲笑します。

なんと悪い笑みでしょう。

これではどちらが悪者かわかったものではありませんね。

「だ、黙らんか！　殿下を騙(かた)る痴(し)れ者め！　ヤツだ、ヤツをここに呼べ！」

ゴドウィン様が叫ぶと、数人の兵士達に鎖で引かれながら、大柄の男が私達の前に出てきました。

いえ、大柄というレベルではありませんね、これは。

見上げるほど高い背、巨人族と見紛(みまが)うほどの巨体。

毛深く野性的な風貌に、剥(む)き出しの犬歯。

以前とはまるで別人ですが、このお方は――

「二日ぶりでございますね、ドノヴァンさん。また随分と雰囲気がお変わりになって」

ザザーラン様のお家で護衛をしていらっしゃった、ライカンスロープのお方ですね。

熱い綱引きの末、確かに再起不能にしたはずでしたが……

なぜ動けているのかしら。

私の見立てでは、強力な治癒魔法を使っても、一週間はまともに動けないはずだったのですけれど。

「ぐ、ルゥ……！」

口の端から唾液を垂れ流し、真っ赤に充血した目でこちらを睨んでくるその様は、完全に理性を失っているように見えます。

なにか弄りましたね、これは。

「二日前、私の別邸にこいつが突き刺さっていてな。怒りのあまり八つ裂きにしてやろうと思ったが、どうせ殺すのであればと、実験ついでに少し身体を弄ってやったのよ！」

「建物に突き刺さっていた……？」

なにやらジュリアス様の視線が痛いです。

ナナカが壁にめり込んでいた時のことを思い出し、同一犯の仕業だと思っているのでしょう。

「こいつは強いぞ！　改造手術をする前からA級冒険者クラスの実力があったのだ！もはや我が国の騎士団長でも手には負えまい！　行け、ドノヴァン！　殺し尽くせ！」

「ギシャアアア!!」

周囲の兵士達をなぎ倒しながら、ドノヴァンさんが私に向かって一直線に飛びかかってきます。

確かに、以前とは比べものにならないほどの速度と力ですね。

これはあまり手加減できそうにありません。

ここでの魔力消費は、極力控えたかったのですが、仕方ありませんか。

自らに身体強化の魔法をかけ、彼を迎え撃とうと、拳に力を込めた時――

「――それは聞き捨てならないな」

「ギィッ!?」

私の背後から駆けつけた何者かに、ドノヴァンさんが弾き飛ばされました。

その者は、王国騎士団の紋章が施された長剣を構えています。それを見たジュリアス様はやれやれと肩をすくめながら、いつものように文句を言います。

「遅いぞ。護衛がどこをほっつき歩いていた」

「俺を撒いて勝手にいなくなったのはジュリアス殿下のほうでしょう。人のせいにしないでいただきたい」

仮面をつけ、剣を携えたそのお方は、ムッとした声音でおっしゃいました。

このお方、先ほど会場でぶつかった男性ですね。

「どこかでお見かけしたお肉だとは思っていましたが、貴方でしたのね」

私の言葉に、彼はこちらを振り向き、小さく会釈をなさいました。

流石は次期騎士団長候補。鍛え抜かれたそのお身体、お見事でございます。

「なっ……巨体のドノヴァンを一撃で吹き飛ばしただと⁉　貴様、何者だ！」

「黙れ。貴様のような悪党に名乗る名などない」

王国騎士団所属、シグルド・フォーグレイブ様。

そういえば彼も、王宮秘密調査室の一員でしたね。

「――全員まとめて相手をしてやる。かかってくるがいい、国家に弓引く反逆者どもめ」

仮面を投げ捨てたシグルド様は、剣の切っ先をドノヴァンさんに向けて言い放ちました。

まさか本当にお一人で全員の相手をなさるおつもりでしょうか。

それはいけません。彼らは私のお肉です。

「来ないのか？　ならばこちらから行くぞ……！」

「お待ち下さい」

駆け出そうとするシグルド様の首根っこを掴んで引っ張ります。

「ぐえええ⁉」

あっ。ちょっと強く引っ張りすぎました。

いまのはナシで。

「げほっごほっ！　し、死ぬかと思った……！　な、なにをなさいますかスカーレット様!?」

「シグルド様。物事には順序というものがありますわ」

「は、はあ……？」

意味がわからないといった顔で困惑しているシグルド様に、「いいですか」と言って人差し指を立てます。

そして、唸(うな)りながらこちらを警戒しているドノヴァンさんを指さして言いました。

「シグルド様のお相手は、あちらのライカンスロープのお方ですよね？」

「いや、俺は王宮秘密調査室の一員として、反逆者達全員を成敗するために――」

「シグルド様。……私のお肉、取っちゃめっ、ですよ？」

「っ！」

こんな言葉をジュリアス様に聞かれたら、からかわれそうですから、こっそりと耳元で囁(ささや)きます。

すると、ボッとお顔を真っ赤にするシグルド様。

なにやら奇妙な反応をしていらっしゃいますが、果たして、私の意図はちゃんと伝わっ

たのでしょうか。

「あの、ご理解いただけましたか、シグルド様？」

「も、問題ありません……！　あの半魔獣の大男めは、このシグルドにお任せを！　行くぞ、この筋肉ダルマめ！　我が剣のサビにしてくれる！　うおおお!!」

「グルルァ!!」

シグルド様が、先ほどより三割増しになった気合いとともに、ドノヴァンさんに飛びかかります。

ああ、よかった。

これで獲物を横取りされる心配はありませんね。

シグルド様が聞き分けのいいお方で助かりました。

「スカーレット」

ジュリアス様が呆れたお顔で話しかけてきます。

「なんでしょう」

「真面目なシグルドをあまり弄(もてあそ)んでやるなよ、まったく。最近私は、本当に貴女がいわゆる悪役令嬢なのではないかと思えてきたぞ」

「まあ、酷(ひど)いですわジュリアス様。私はイツモ世ノタメ人ノタメ、悪イオ方ヲヤッツケテイマスノニ」

「うむ……恐ろしく棒読みであるな」

もう……いちいち含みのあることをおっしゃいますね、ジュリアス様ったら。

でも、いまの私は機嫌がいいので許して差し上げます。

なぜなら――

「さあ、覚悟はよろしいですか、みなさま」

指の関節をボキボキと鳴らしながら、笑顔で足を進めます。

「覚悟をするのは貴様のほうだ！　我ら上位貴族に逆らう愚かな小娘が！」

「鮮血姫だとか撲殺姫だとか噂されているようだが、実物はただのか細い小娘ではないか！」

「赤いワインでも引っかけられたのを、どこかのバカが返り血と勘違いしたのではないか？」

「そうに違いない！　わははは――」

ドン、と音を置き去りにしながら床を蹴り、大口を開けて笑っていた間抜け面のお方へ、一気に接近します。

「……は？」

「申し訳ございません。なんと言いますか——救い難い鈍さですわね」

そのお方のお顔を片手で鷲掴みにし、そのまま地面に叩きつけました。

「——!!」

声なき悲鳴を上げて、彼の頭が地面に突き刺さります。

ピクピクと情けなく手足を震わせるそのお姿は、まるで陸に打ち上げられたお魚のよう。

「——まずお一人」

私がつぶやいた瞬間、お仲間がやられたことにようやく気づいたのか、貴族の方々が一斉に絶叫します。

「バルバロッサ卿ーーー!?」

「な、なんというおいたわしいお姿に……!」

「き、貴様！　不意打ちとは卑怯だぞ！」

「そうだ！　貴様も貴族ならば、貴族らしく堂々と決闘しろ！」

貴族らしく？　堂々と？

また、とんでもなく間の抜けたことをおっしゃいますね、この方々は。

そもそもこれだけの人数で私一人を囲んでいるこの状況を、卑怯と言わずしてなんと言うのでしょうか。

まあ、いいです。

みなさまが望むのであれば、貴族の流儀に則って差し上げましょう。

「では……スカーレット・エル・ヴァンディミオンの名において、貴方達に決闘を申し込みます」

そう述べて、嵌めていた手袋をその場に投げ捨てます。

すると、我先にと言わんばかりに、貴族の方々も自分の手袋を投げ捨てました。

「バカめ、引っかかったな！」

「貴族の決闘であれば、魔法は使えまい！」

「貴様の度を越したその力は、どうせ魔法によるものであろう！」

「我々の勝利は決まったも同然だな！　観念しろ！」

ああ、なるほど。

この方々は、私の身体能力の高さが魔法によるものだと思っているわけですね。

そういったことを考える知能がこの方々にあったことに、思わず驚いてしまいました。

「一番手はこの私だ！　死ね、銀髪の小娘！」

「いいや、行くのは私だ！　貴公だけに手柄を独り占めさせるものか！」

「なにを言うか！　この小娘をやるのは私だ！」

「ええい、埒があかん！　こうなったら同時にやるぞ！」

「仕方あるまい！　承知した！」

「正義は我らにある！　パルミア神もお許しになろう！」

「しかり！　しかり！」

こちらには魔法禁止のルールを強制しておきながら、自分達は平然と全員でいらっしゃるのですね。

清々しいほどの外道っぷり、お見事でございます。

「決闘を行う前に確認したいことがあるのですが、よろしいでしょうか」

私が問うと、貴族の方々はニヤニヤと嫌な笑みを浮かべます。

「なんだ？　命乞いか？　いまさら足掻いてももう遅いわ！」

申し上げたいのは、そんなことではありません。

「魔法の使用は禁止として、武器についてはなにか制限がありますか？」

「どうでもいいわ、そのようなことは！　さっさと始めるぞ！」

「それは、使用を許可するということでしょうか？」

「それでいい！　よし、行くぞみなの衆！　取り囲んで一斉にやるぞ！」

「おおっ！」

貴族の方々が一斉にサーベルや槍を構えます。

あら、使ってもいいのですね。

それでは私も遠慮なく武器を使わせていただきましょう。

「……えっ？」

「はっ？　ちょ、き、貴様……っ」

「ま、まさか、それを……？」

床に突き刺さったバルバロッサ様の両足を掴んで、ぐっと引っこ抜きます。

このお方、すでに気絶していらっしゃるようで、泡を吹いて白目を剥いています。

ですが、まあ問題ありませんわよね。

「それでは始めましょうか――清く正しい、貴族の決闘を」

「「「それは反則だあああ!?」」」

響き渡る声を打ち消すように、力の限り私の武器を振り回します。

「「「ぎゃあああ!?」」」

バキバキバキッ！　と、人が潰れる気持ちのいい音がして、私を取り囲んでいたうちの三人が仲よく吹き飛び、壁に突き刺さりました。

これは中々どうして、使い勝手のいい武器ですわね。

私、とても気に入ってしまいました。

「なぜだ!?　魔法を発動した様子はないぞ！　なぜそのような人外染みた力を発揮できる!?」

「なにやら勘違いしていらっしゃるようなので、言っておきますが……」

片手でバルバロッサ様をブンブンと素振りしながら微笑みます。

「私が魔法で身体を強化しているのは、力を底上げするためではなく――」

みなさま、先ほどまでの威勢はどこにいってしまったのでしょう。

なんだか、すっかり意気消沈してしまわれましたね。

ですが残念ながら、みなさまにはこれから、もっと残酷な真実を告げてしまうかもしれません。

「自分の攻撃の衝撃から、身を守るためなのですよ」

身体強化の魔法は、一般的には筋力を強化して攻撃力を高めるもの。

ですが私の場合、肌が傷だらけにならないよう、身体の表面を硬質化させているだけなのです。

そのため、身体強化の魔法を使わなくても、攻撃力自体はさほど変わりません。

ます。

「くっ、来るなぁ！　こっちに来る、にゃあああ⁉」

「へ、兵士どもぉ！　さっさとこの女を殺、しぇえええ⁉」

「ひいっ⁉　お、オレの槍（やり）が折れっ、オレオオ⁉」

バルバロッサ様をぐるぐる振り回すたびに、人が面白いように撥（は）ね飛ばされていき

バキッ、バキッ、ゴキャッ、ボキッ。

私が振るう暴力（タクト）に合わせて、打撃音と悲鳴の重奏（アンサンブル）が響き渡る様（さま）は、まるで王宮の楽団が奏でる交響曲（シンフォニー）のよう。

「さあみなさま、ともに奏でましょう——心ゆくまで」

今宵このホールは、私の欲求を満たすためだけに用意されたコンサート会場だったのですね。

なんて素晴らしいのでしょう。

「だ、ダメだ！　とてもではないが近づけん！」

「まるで竜巻だ！　このままでは全滅するぞ！」

「ええい、決闘などやってられるか！　魔法だ！　魔法を使ってあの化け物を止めろ！」

数少ない残りの貴族の方々が、最後の力を振り絞って手をかざし、魔法を唱え始めます。

しかし――

「悪いが、その魔法は〝許可しない〟」

王帝印の指輪を掲げながらジュリアス様が言うと、彼らの魔法は瞬時に霧消しました。

手を突き出したままの間抜けな姿勢で固まる彼らは、とても滑稽です。

失礼ですが私、つい笑ってしまいまして……

「……あっ」

その時にうっかり、離してしまったのです。

バルバロッサ様の足を。

高速で飛んでいったバルバロッサ様は、貴族の方々に激突。

ドォーン！　という破砕音とともに、悲鳴が響き渡ります。

「ぐぎゃあああ!?」

まだかろうじて立っていた貴族の方々は、四方八方に吹き飛ばされ、地面に倒れ伏して動かなくなりました。

ああ、もったいない。

せっかくのお肉でしたのに。

「とりあえずは一通り片づいたか。中々に愉快な催し物であったな」

「こんなものは序の口ですわ、ジュリアス様。第一、まだメインディッシュをいただいておりませんし……」

「そう言うとは思ったが……待て、少し動くな」

ジュリアス様がハンカチを取り出し、私の頬を拭います。

くすぐったさに目を細めると、ジュリアス様と視線がぶつかりました。

ですが、すぐに逸らされてしまいます。

どうしたのでしょう。なんだかジュリアス様らしくない反応ですね。

いつもなら笑いながら、軽口のひとつでも叩くところですのに。

「レオが見たら卒倒するような有様だぞ。せめて顔くらいは綺麗にしておけ。貴女の最大の長所なのだからな」

「一言余計ですわ、もうっ」

ジュリアス様の持つハンカチには、赤黒い血がべったりと張りついていました。

自分の身体をよく見ると、白かったドレスは返り血で真っ赤に染まっています。

確かにこれは、お兄様の心臓には悪いですね。

「せ、鮮血姫スカーレット……噂は本当だったのか……！」

あら。まだ生き残り――ではなく、意識のあるお方がいらっしゃったのですね。

残しておいたのは、ゴドウィン様とハイネ様だけだと思っていました、が……？

よくよく見れば、肝心のお二方の姿がありませんね。

「そこのお方、ゴドウィン様とハイネ様はどこに行かれましたか？」

「ひ、ひぃっ!?　し、知らない！　俺はなにも知らない！　だから殴るのは――」

「なにも知らないのであれば、起きている必要もありませんね。おやすみなさい」

「ぐげぇっ!?」

顔面パンチで速やかに彼の意識を刈り取ります。

私としたことが、失敗しましたね。

思う存分暴力を振るえる喜びに、すっかり我を忘れてしまっていました。

ゴドウィン様達は、おそらくそこにある扉から逃げたのでしょう。

しかし、どこに逃げたのか。

途方に暮れていると、聞き慣れた声が響いてきました。

「ジュリアス様！　いつまで経っても突入の合図がこないと思ったら、こんな場所で一体なにをしていらっしゃるのですか！」

あまりにも合図が遅いので業を煮やしたのか、憤慨しているお兄様が現れました。

「あら、レオお兄様。お外で待機しているはずではなかったのですか？」

「スカーレット……散々、命令に従うようにと言ったはずだぞ……指示を出すまでは無用な暴力は控えるようにと。それが、どういうことだこの有様は……」

レオお兄様が、私達の周囲に広がる惨状を見て、ぷるぷると身体を震わせます。

そしてそこに転がっている兵士や、壁や床に突き刺さっている貴族の姿を見ると天を仰ぎ、両手で顔を覆って叫びました。

「父上、母上！　ついに我が妹が殺人を犯してしまいました！　それも大量殺人です――！」

もう、お兄様ったら、大袈裟ですわね。

「殺してませんよ、みね打ちです」

「お前の手足のどこにみねがある⁉　全身刃であろう⁉」

お兄様のツッコミが冴え渡ります。

私が笑顔で感心していますと、ジュリアス様が飄々とお兄様に言いました。

「おおレオ、いいところに来たな」

「待って下さい、ジュリアス様。私はいま、この現実に向き合える自信がありません。もうしばし逃避させて下さい」

レオお兄様の懇願に、ジュリアス様は意地の悪いお顔で答えます。

「それはいいが、お前が戻ってこないと一番の大物を取り逃がしてしまうぞ？」

「あと一分、いや三十秒だけ下さい」

「早くせよ。五秒待つ」

まあ、なんてせっかちなお方なのでしょう。これには流石の私も苦言を呈さずにはいられません。

「あまりレオお兄様をいじめてはダメですよ、ジュリアス様。そうやって心労を増やすようなことを言うから、お兄様はこんなに険しいお顔になってしまわれたのですわ」

「なにを言う。私はいつだってレオを労っているし、レオが退屈しないよう時折弄ってやるぐらいには、部下のことを考えているぞ」

「その弄りが鋭すぎて、繊細なお兄様の心はもはやアイアンメイデン状態なのです。私みたいに、真綿で包み込むような慈愛の心で接してあげて下さいな」

私の気遣い溢れる言葉を、ジュリアス様はあろうことか鼻で笑い飛ばしました。

「いまのは私の聞き間違いか？　真綿で絞め殺すの間違いであろう？」

「まあ、酷い。レオお兄様、ジュリアス様が私をいじめますわ」

「待ってくれ……流石に二人がかりで来られると、私の胃袋が持たない」

そんな風に談笑していますと、ドーン、ドーンと凄まじい轟音が階下から聞こえてまいりました。

地下二階のホールを覗くと、シグルド様とドノヴァンさんが一進一退の攻防を繰り広げております。

姿が見えないと思っていたら、下でやりあっていたのですね。

きっとシグルド様が私の邪魔をしないよう、気を遣ってくれたのでしょう。

流石は騎士団長様のご子息。騎士の鑑でいらっしゃいますね。

え？　お肉を叩くのに夢中になるあまり、シグルド様の存在を忘れていた？

まさかまさか。

そんなことは決してありませんよ。ええ。

「下はあの有様ですし、ほとんどの客がこの会場から逃げ始めています。突入するのであれば、いましかないと思われますが」

落ち着いた声音で、お兄様がそうおっしゃいました。それに対して、ジュリアス様はうなずきながら答えます。

「そうだな。流石にこれ以上は引きのばせんだろう。よし、警備隊に突入の合図を送るぞ」

「はっ」

それは困ります。

あと一歩のところまでゴドウィン様を追い詰めましたのに。

このままでは消化不良も甚だしい。

「頬を膨らますな、まったく。そのような顔、私達以外に見せるでないぞ？」

そうおっしゃって、苦笑しながら私の頭をポンポンと撫でるジュリアス様。

失礼ですわね。頬など膨らませておりませんわ。子供じゃあるまいし。

「だって……約束が違います」

「案ずるな。ゴドウィンは必ず貴女の手で殴らせてやる。だからここは黙って見ていろ」

そうおっしゃったジュリアス様は、懐から細長い筒のようなものを取り出します。

そしてそれを天に向かって掲げると、目を閉じてつぶやきました。

「――解放！」

その瞬間、魔力が込められた筒の先端から、幾筋もの赤い光線がのびていきます。

光線は天井を通り抜けて、あっという間に飛散していきました。

発煙筒のような効果を持つ、光の魔道具でしょうか。

おそらくこれが突入の合図なのでしょうね。

「レオ。逃げたゴドウィンを追ってくれ」

「それはもちろんですが……いま、我が妹となにかよからぬ話をしていませんでしたか？」

お兄様に思いっきり睨（にら）まれています。

もう、ジュリアス様。ああいう話は、こっそりと耳打ちしていただきませんと。

気が利きませんわね、まったく。

「私は、スカーレットと誓いを交わした」

「えっ……はっ⁉　誓い⁉」

お兄様が目を見開いて叫ばれます。

えっと、いまそのことを言う必要はあったのでしょうか。

「ああ。だからスカーレットとの約束は守らねばならん。王家の人間が交わした誓いは絶対だ。たとえそれが、どんなことであろうともな」

お兄様がぐるんと凄（すさ）まじい勢いでこちらを向き、私の肩を掴みます。

どうなさったのでしょう。そんなに興奮されたご様子で。

「……いまの話、本当か妹よ。ジュリアス様と……パリスタン王国第一王子のジュリアス様と、誓いを交わしたと？」

「本当ですわ、レオお兄様。私はジュリアス様に生涯尽くすと誓いました。嘘偽（いつわ）りは一切ございません」

「おお……なんという……おお……おお……っ！」

お兄様が天を見上げて両手で顔を……覆いませんでした。

そのお顔はいままで見たこともないほど、穏やかで満ち足りています。

さらには歓喜の涙まで浮かべていらっしゃる始末。

なにかいいことでもあったのかしら。

「カイル様との婚約が解消され、スカーレットはもう、貴族の娘として幸せになることはかなわないだろうと、諦めていたのに……ジュリアス様と生涯をともにすることになるとは……。父上、母上。人を殴ることにしか喜びを見いだせなかった我が妹は、こんなにも立派になりましたよ……」

「よくわかりませんが、お兄様が嬉しそうで私も嬉しゅうございます」

「このたびの一件、きつく叱りつけようと思っていたのだが、もういい。兄はお前の暴走を許そう。犯罪者の一人や二人殴ったところで、そんなことはもう些細な問題だ。お前がジュリアス様と一緒になるのだからな。はっはっは」

一人や二人どころか、十人や二十人でも足りないのですが。

まあそんな無粋なことは言わないでおきましょう。

お兄様のこんなにも晴れやかな笑顔を見たのは、数年ぶりのことですもの。

いまはなにも言わず、ただ隣で微笑んでいましょう。

それが普段から迷惑をかけているお兄様への、孝行というものです。

「くくっ……ダ、ダメだ。こらえられん……兄妹揃って天然すぎる……！」

どうして貴方はお腹を抱えて笑っていらっしゃるのですか、ジュリアス様。

よくわかりませんが、なんだか無性に殴りたい気分です。

殴っていいかしら。

「ふぅ……というわけでゴドウィンの追跡、よろしく頼むぞレオ」

「承知いたしました」

ひとしきり笑ったジュリアス様が、キリッとしたお顔でおっしゃいました。

まったく締まってないですからね。

若干涙目ですし。

「……千里を見通す我が魔眼よ」

レオお兄様が静かにそうつぶやき、片目をつむります。

そして、五秒ほど経ったあとに、再びその目が開かれました。

そこには、金色に染まった猫のような瞳が、爛々と輝いております。

――〝千里眼〟。

狩猟の女神ヒステリアから祝福を受けた者が使える、加護ですね。

その瞳は建物や魔法の障壁を超えて、千里先をも見通すと言われています。

実際には、自分を中心とした百メートルくらいが限界だそうですが。

この建物の付近にいるとわかっているゴドウィン様を捜すのであれば、それで十分です。

「……捉えました」

「どこだ」

「息子のハイネとともに、現在ここの三階におります。中央階段で四階に上がるつもりのようです」

「一階の出入口には、すでに警備隊が詰めているからな。だが四階だと？　上に行って一体どうするつもりだ。結局のところ、屋上で行き止まりだろう」

「お待ちを……屋上になにか飛来してくる影が見えます。これは……まさか、飛竜⁉」

「なんだと……？」

お兄様の焦りを帯びた声に、ジュリアス様が顔を顰めます。

飛竜とは、また珍しいですね。

確か隣国のヴァンキッシュで、戦闘や移動に使われていると聞いたことがあります。

けれど我が国では、野生の飛竜は滅多に見られません。

どういうことでしょうか。

「噂は本当だったということか……ちっ。ゴドウィンめ、ヴァンキッシュに亡命でもするつもりか。悪あがきを」

珍しく苛立(いらだ)った表情を見せるジュリアス様。

「噂とはなんのことでしょうか？」

私が問うと、千里眼を閉じたお兄様は、疲れた表情でおっしゃいました。

「……宰相ゴドウィンには、隣国のヴァンキッシュと裏で繋がっているという噂があったのだ。パリスタン王国の内政を腐敗させ、ヴァンキッシュが攻め込みやすいようにするつもりだという話もある」

ヴァンキッシュとパリスタンは現在停戦中ですが、その関係は良好とは言えません。

表立って戦えない分、裏工作をしかけてきたということでしょうか。

「所詮は噂だと思っていたが、ゴドウィンの逃亡を手助けしようとしているところを見ると、あながちそうとも言い切れんな」

「もしも真実だとするならば、我が国を切り崩した暁(あかつき)には、ヴァンキッシュで高い位(くらい)を与えてやるとでも言われているのでしょうね」

「バカな。武力至上主義のヴァンキッシュで、狡賢(ずるがしこ)いだけの男が生き残れるものか」

ちっ、と舌打ちをしたジュリアス様が、扉のほうへ駆け出します。

私とお兄様は顔を見合わせると、急いでそのあとを追いかけました。

貴方だけは絶対に逃しませんよ、ゴドウィン様。

たとえお空に逃げようとも。

第七章　ごちそうさまでした。

扉の奥には狭い通路があり、そこを抜けると中央階段に繋がっております。

私達の現在地は地下一階。

すでに四階に到達しているであろうゴドウィン様とは、かなり差があります。

屋上は確か五階でしたから、追いつくためには相当無理をする必要があるでしょう。

「ヴァンキッシュに逃げられては、おいそれと手が出せなくなる。よって飛竜もゴドウィンも、絶対にこの国から出すわけにはいかん。捕まえて一連の事実を追及するためにな」

「ですが、このままでは到底追いつけません。どうすれば……おいスカーレット、なぜいま靴を脱いでいる？」

ヒールを脱ぎ捨てていると、お兄様に目ざとく発見されてしまいました。

「もちろん、本気を出すためですわ。レオお兄様」

「本気って、いくらお前が本気で走っても、普通の手段では間に合わんぞ？　加護を使っても追いつけるかどうか……」

「いや、スカーレットが本気を出すなら間に合うだろう。行けるか？」

「問題ありませんわ」

再び身体強化の魔法を自分にかけ、トントン、と軽く足で床を叩きます。

これをやるのも久しぶりですね。うまく制御できるか心配ですけれど。

まあ、なるようになるでしょう。

「――〝加速三倍〟」

足を踏み出した瞬間、爆発的な加速がかかり、身体が一気に前へと飛び出します。

二歩目で方向転換して、三歩目で一階へ到着。

背後では地面が抉れ、遅れてドン、ドンと音が爆ぜてきます。

時の神クロノワから祝福を受けた者が使える加護――〝加速〟。

自らの時間を加速させることで、人の限界を超えた速度を生み出すことができるのです。

戦闘時、自分自身にかける時は、大抵二倍かそれ以下の加速に抑えています。

ただ、いまは緊急事態ということで、三倍速を解禁させていただきました。

当然これにはデメリットもあります。

速度を上げれば上げるほど身体は傷つきやすくなるので、魔法で常に身体を強化する必要があります。また、生命力の消費量も大きいため、頻繁には使用できません。

けれど極上のお肉を逃す危機とあっては、使わないわけにはいきませんよね。

「それではお先に、ごめん遊ばせ」


二歩、三歩と階段を踏み飛ばして二階に上がります。

流石に三倍速だと身体が軋みますね。

あまり長くは持ちませんし、さっさと追いつきたいところです。

「ギャオオオーーーッ！」

階上から飛竜の鳴き声が響いてきました。

どうやら飛竜はすでに屋上に到着しているようです。

急いではおりますが、これでもまだ間に合いそうにありませんか。

仕方ありません。

はしたないので、あまりやりたくはなかったのですが、少しショートカットさせていただきましょう。

「失礼します」

階段途中の窓を叩き割って外に身を乗り出します。

そのまま外壁に手をつき、勢いをつけて上に飛び上がりました。

「――っ」

鋭く息を吐きながら、最後に外壁を思い切り蹴って、真上に駆け上がります。

屋上を優に飛び越えた私の身体は、夜空へと舞い上がりました。

それと同時に〝加速(アクセラレーション)〟の加護が限界を迎えて、身体が元通りの時間を刻(きざ)み始めます。

どうやらぎりぎりもってくれたみたいですね。

屋上を見渡せる給水塔に着地して、様子を窺(うかが)います。

眼下ではいままさに、ハイネ様とゴドウィン様が飛竜のもとへ駆けつけようとしていました。

「むっ？　いま、人影のようなものが見えなかったか？」

「きっと鳥かなにかですよ。そんなことよりも早く逃げましょう、父上！　優秀な私の価値が認められないこんな国には、もううんざりだ！」

そして飛竜の上には、ローブを纏(まと)い、長く大きな槍(やり)を持った殿方がいらっしゃいます。

かなりできますね、あのお方。

ヴァンキッシュの竜騎兵(ドラグーン)でしょうか。

「おい、貴様！　亡命してやるのは構わんが、本当に私をヴァンキッシュの大臣にしてくれるのだろうな！」

「父上はこの国の宰相であるぞ！　そして私はその子息で、次期宰相間違いなしと将来を有望視されている男だ！　たかだか一般兵士如きが、私達を見下ろすとは頭が高いぞ！　飛竜から降りて平伏せよ！」

いつでも飛び出せるように注意深く観察していますと、なにやら宰相親子が大声で喚き出しました。さっさと逃げればよろしいのに。

自分達を逃がしてくれる相手までをも蔑み、自尊心を満たそうとするなんて。

このお二方は、骨の髄まで、本当にドクズなのですね。

「……」

竜騎兵は、喚き立てるゴドウィン様とハイネ様を無言で一瞥します。

そして――

「――クズどもが。死にたまえ」

ブン、と槍を頭上で大きく旋回させてから、無造作にゴドウィン様達をなぎ払おうとしました。

あの速度と槍の重量から鑑みるに、加減なしで振るわれたら、お二方とも確実に即死でしょう。

「それは困ります」

給水塔から飛び下り、飛竜とゴドウィン様の間に割り込みます。

グシャア！

「……!?」

突然の闖入者(ちんにゅうしゃ)に驚いた竜騎兵(ドラグーン)の方は、槍(やり)を引いて動きを止めました。

危ないところでした。

ここまで熟成させた私のお肉(メインディッシュ)が、横取りされてしまうかと。

「ぎゃーーー!?」

「ハイネえええ!?」

あら、なんだか足元で絶叫が聞こえますね。

そういえば降り立った時に、地面とは違う感触が足裏にありました。

そうですか、これはハイネ様を踏みつけたせいだったのですね。ごめん遊ばせ。

「ご機嫌よう、ゴドウィン様。先ほどぶりでございますね」

ハイネ様の上で優雅に一礼すると、顎(あご)をガクガク震わせながらゴドウィン様が私を指さして叫びました。

「き、貴様、スカーレット!?　ど、どうやってここに!?　あ、あり得ぬ！　なぜ私達に追いつけた⁉」

「走ってきただけですよ。外壁を飛び越えてショートカットはしましたが」

「外壁を⁉」

「はい。ですがそれは些細（ささい）なことでございます。それよりも――」

竜騎兵（ドラグーン）に視線を向けます。

先ほどから事態を静観していますが、一体なにを考えていらっしゃるのでしょう。

まあ、いいですわ。

このお方の処遇はもう決まっておりますので。

「お肉の横取りはいけませんわね、ヴァンキッシュの竜騎兵（ドラグーン）さん」

微笑を浮かべながら、一歩足を踏み出します。

私からお肉を奪おうとした罪、その身でもってあがなっていただきましょう。

「……スカーレットと言ったか」

竜騎兵（ドラグーン）が飛竜から降りました。

そして、不意にローブを脱ぎ捨て、こちらに近づいてきます。

燃えさかるような赤い髪に、同じ色の瞳。

身体つきからして、もっと厳（いか）ついお顔かと思っていましたが、意外にも端整で綺麗（きれい）なお顔をされていらっしゃいますね。

これは殴り甲斐(がい)がありそうです。

そう思っていたら……

「——ああ、スカーレット。我が愛しの姫君よ」

竜騎兵(ドラグーン)が跪(ひざまず)いて、恭(うやうや)しく私の手を取りながらおっしゃいました。

「どうやら私は、貴女に恋をしてしまったようだ——結婚してくれ」

まあ。こんな場所で、出会ったばかりの私にプロポーズするなんて。

なんてロマンチックなのでしょう。

……とでも言うと思いましたか？　頭お花畑さん。

「お断りいたします」

「オッフゥ!?」

顔面パンチを食(く)らって竜騎兵(ドラグーン)が吹っ飛んでいきます。

跪(ひざまず)いてくれたおかげで、ちょうど殴りやすい位置に顔があり、助かりました。

「グギャアアア!!」

ご主人様を殴り飛ばされて怒ったのでしょうか。

飛竜が私に向かって大きなお口を開き、咆哮(ほうこう)を上げます。

それからガブリと私に噛みつこうとしてきました。

「こら、おいたはいけませんよ」

「ギャッ!?」

一歩下がってそれを回避した私は、飛竜の鋭い歯を一本ぐっと掴みます。

「おすわり」

「グギ────!」

そして、そのまま勢いよく石床に叩きつけました。

ドゴォオオン、と轟音（ごうおん）を立てて床が陥没（かんぼつ）します。

吠えることもできずに、白目を剥（む）いて気絶する飛竜。

これは危なかったですね。少し力の入れ方を誤れば、屋上が崩落してしまうところでした。

「な、七メートル級の飛竜をたった一撃で……ば、化け物め……」

まるで他人事のような口ぶりですが、ゴドウィン様。

次にこうなるのは貴方ですよ。

「素晴らしい……素晴らしいぞ、スカーレット!」

いつの間にか起き上がっていた赤髪の竜騎兵（ドラグーン）が、目を輝かせて私を見ていました。

「あら……存外にしぶとい殿方でいらっしゃいますね」

かなりの力で殴ったというのに、一切傷がありません。そういえば、殴った感触はまるで鋼鉄を叩いたかのようでした。

このお方、なんらかの加護を働かせていますね。

「業火の貴公子と恐れられたこの私の顔を拳で殴ったばかりか、我が愛騎であるレックスを一撃で昏倒させるとは！　ますます惚れたぞ、スカーレット！」

業火の貴公子……どこかで聞いた二つ名ですね。

「無駄だとは思いますが、一応言っておきます。お引き取り願えませんか？」

「それはできぬ。なぜなら私は貴女に恋をしたからだ」

「お戯れを」

「戯れなどではない！」

両手を夜空に広げて、赤髪の方が高らかに叫びました。

「貴女の美しい銀髪は、まるでこの夜空を彩る星々の煌めきのよう……！」

こちらに向かって歩いてきた彼は、目をつむって感じ入るように胸に手を当て、私の前に再び跪きます。

「貴女の美しい碧眼は、まるで世界中の宝石を閉じ込めた宝箱のよう……！」

彼は、王子様がお姫様に求婚するかのように私に手を差し出し、目を細めて優しく微笑みました。

年頃の少女であれば、うっとりと恋に落ちてしまいそうな、端整なお顔で。

「どうかこの手を取っておくれ、レディ。そして私とともに来ていただきたい。このアルフレイムの妻として——」

「お断りいたしますと、先ほども申し上げました」

「ンッフゥ!?」

顔面を蹴り飛ばして屋上の端に叩きつけます。

惜しい。もう少しで落とせそうだったのですが、ギリギリで踏みとどまりましたね。

このお方、やはり只者じゃありません。

死ぬほど面倒くさいお方です。

「これほどの蹴りが放てる女性は、武力を最も尊ぶ我がヴァンキッシュにも存在せぬ。貴女は最高だ！　絶対に諦めんぞ！」

「まったく、しつこい人ですね」

このお方、加護のせいかお肉が硬くて、殴っても全然気持ちよくないのですよね。

なので正直、さっさと退場していただきたいのですが。

「そもそも貴方の目的は、内部工作に失敗した無能なゴドウィン様の始末でしょう。私などにかまけていていいのですか？」

最初はゴドウィン様達を逃がすためにいらっしゃったのだと思っていましたが、先ほど容赦なく槍を振るおうとなさったことから考えると、つまりそういうことなのでしょう。

呆れたように私が言いますと、ゴドウィン様が目を剥いてアルフレイム様に向き直ります。

「なに!?　それはまことか、貴様！」

ああ、自分達の命が狙われていたことに、気づいていらっしゃらなかったのですね。

つくづく哀れなお方です。

一刻も早く私の拳で慰めて差し上げたい。

「強く美しいだけでなく、聡明でいらっしゃる。どこまで私を夢中にさせたら気がすむのだ、貴女は！」

「御託は結構です。どうなのですか――ヴァンキッシュ帝国第一皇子、アルフレイム殿下？」

ヴァンキッシュ帝国第一皇子、アルフレイム・レア・ヴァンキッシュ。

二つ名を、業火の貴公子。

我が国との停戦交渉の時に、一度だけ王宮でお見かけしたことがありましたが、すっかりお顔を失念しておりました。

思えば赤い髪、赤い瞳は現ヴァンキッシュ帝国の皇族の特徴です。

「フッ。貴女の言う通りだ。私はこの男らを殺すために来た。こいつは秘密裏にヴァンキッシュに手下を送り込み、祖国への背信の意思を伝えてきたのだ」

「なっ⁉　貴様、それは内密にする約束だったであろう！」

慌て出すゴドウィン様を鼻で笑いながら、アルフレイム様が続けます。

「停戦中ではあるが、敵国のパリスタンを、こちらの犠牲なしに弱体化できるとなれば、これほど美味しい話はない。聞けばこの男、曲がりなりにも宰相だというではないか。正直、大して期待はしていなかったのだが……予想以上の働きを見せてくれて感謝している。だが――」

アルフレイム様が槍の穂先をゴドウィン様に突きつけ、獰猛な笑みを浮かべます。

甘いマスクに似合わない、飢えた肉食獣を思わせるこの表情。

口説き文句ばかりがお得意な皇子様かと思いましたが、なるほど、これがこのお方の本性というわけですね。

「それももう、おしまいだ。こいつは失敗した。だからここで殺す」

「こ、この若造がぁ！　あれだけ情報をもたらし、この国を腐敗させるために尽力した私を、ここで切り捨てるというのか!?」

「ははは、考えてもみたまえ。自分の国を売り渡すようなヤツを、我らが本気で重用するとでも思っていたのか？　成功しようが失敗しようが、元より貴様のような裏切り者に生きる道などありはしないのだ。潔く死ぬがよい」

「バ、バカな……ヴァンキッシュで大臣になり、ゆくゆくは皇帝になるという私の壮大なる計画が、このようなところで……！」

いくらヴァンキッシュが世襲制の国家ではないとはいえ、それは流石に無理でしょう。なにしろ彼の国は、武力のある者が皇帝を打ち倒すことで皇位を継承するという、とんでもない脳筋国家ですからね。

ヴァンキッシュで成り上がるためには、当人の武力が必要不可欠です。

ゴドウィン様お得意の策略も、ヴァンキッシュに行けば物理的に一蹴されておしまいでしょう。

まあ、それは私の役目ですけどね。

「我が愛しの姫君よ。貴女は先ほど、私にかまけている暇はあるのかと問うたな」

「ええ。それがなにか」

「ならばこう答えよう。――ある。なぜならそこの裏切り者を殺すことなど、私にとっては瞬きの合間にできることだから……なッ！」

その言葉通り、瞬きの間にゴドウィン様に向かって突き出された槍の先端を、真下から蹴り上げます。

バキッと折れた槍の穂先がクルクルと回転して、空高く舞い上がりました。

「足癖の悪いお姫様だな。だが、そんなところもまた愛おしいぞ、スカーレット！」

アルフレイム様が一瞬で距離を詰めてきて、私は蹴り上げた足を掴まれてしまいました。

振りほどこうにも、もの凄い力で足首を握られているため、ビクともしません。

「淑女の足を掴むなんて、紳士的とは言えませんわね」

首を傾げて微笑みます。

するとなにを勘違いされたのか、アルフレイム様がお顔を輝かせておっしゃいました。

「おお……なんと愛らしい笑みだろう！　ついに私の愛を受け入れてくれる気になったのだな！」

「まさか。貴方のような、自分の都合でしか物事を考えず、しかもそれが正しいと勘違いされているような殿方は大嫌いですわ」

「ふむ？　ではなぜ、そのように嬉しそうな笑みを浮かべているのかな？」

「……殿下は、ご自分の頑健さに相当の自信を持っておられるようですね」

「まあな。私が使える加護の力、鋼鉄の神メテオールの鋼体化は、どんな物理攻撃も通じない無敵の身体にしてくれるのだ」

殴った時に感じた感触はそのせいですか。

まったく、無粋にもほどがあります。

硬すぎて噛めないお肉なんて、なんの価値もありませんよ。

「貴女も加護を使えるようだが、徒手空拳で生み出せる破壊力などたかが知れている。貴女に私は倒せんよ」

「そうですね。確かに私の攻撃では、殿下の身体にダメージを与えることはできないかもしれません」

「わかってくれたか。では私の邪魔をせずに大人しく見ていたまえ。そこのクズは殺されて当然の人間だ。私は貴女方に代わり、少しばかり早く手を下すだけなのだから」

そうおっしゃって、アルフレイム様が私の足首から手を離します。

まったく、舐められたものですね。

「……お言葉ですが、殿下。ダメージは与えずとも、貴方を倒す方法はあります」

「なに？」

「いまからそれを実演して見せましょう。ああ、ご心配なく。お代はそこのお肉に身体でしっかりと支払っていただきますから」

両手を伸ばして、アルフレイム様の首に腕を回します。そして彼の頭を両手で抱え込むようにして、私のお腹辺りまで下げさせます。

「それではまいります」

そして勢いよく、膝をアルフレイム様の顔面に叩きつけました。

「ぶほぉっ!?」

当然一度では終わりません。

二度、三度、四度、五度、六度。

数えきれないほど執拗に、膝を顔面に叩きつけます。

「ふっは……！　首相撲とは、オフッ！　なんとも原始的で、アフッ！　効果的な痛めつけ方をするな、我が姫君よ！」

「お褒めにあずかり光栄でございます」

会話を交わしながらも、ひたすらガンガンと膝を叩き込んでおります。

ですが、やはりダメージは少しも受けていないようですね。

怪我をさせることが目的ではないので問題はありませんが。

「――ふぅ」

どれだけの間、蹴り続けたでしょうか。

これでも無傷のようなら、かなり厳しいですが――

身体を保護するための魔力も、すっかり空っぽです。

「抵抗はもう終わりか？　マッサージを受けているようで心地好かったのだがな」

「はい。貴方はもう、この場に立つことすらままなりません。お疲れ様でした」

「なにを言っている？　私はこんなにもピンピンして――」

ガクンッと、アルフレイム様の膝が崩れます。

どうやらうまくいったようですね。

「な、に……？」

よろよろと後退して、うずくまるアルフレイム様。

なにが起こったのかわからず、呆然とした表情を浮かべておりますね。

「安心いたしました。頭の中まで鋼鉄でできていたら、流石にお手上げでしたからね」

「バカな、これは一体……ええい、立て！　立たんか！　我が両足よ！」

アルフレイム様は何度も震える足に力を入れますが、やはり立ち上がれず……

遂にはズテン、と、床に尻餅をついてしまわれます。

「なぜだ！　確かに強烈な攻撃ではあったが、私にダメージは一切ないはず――」

「表面はそうでしょうね。ですが、お肉の中身まではどうでしょう」

「お肉の中身だと……？」

アルフレイム様が片手で頭を押さえ、ハッと驚愕の表情を浮かべられます。

「そういえば、先ほどから焦点が定まらない。それに平衡感覚もおかしい。これは、まさか」

――脳震盪。

あれだけ何度も蹴られたら、頭の中は激しく揺さぶられます。

その直後とあらば、まともに立ち上がることなど到底不可能でしょう。

いかにメテオールの鋼体化で外傷を防ごうとも、体内を攻撃されてはどうしようもないということです。

ひとつ勉強になりましたね。

「フッ……ふははは！　素晴らしい！　素晴らしいぞ！　まさかこのような手段で私に膝をつかせるとは！　貴方のような強く美しい女性は、こんな軟弱な国には相応しくない！　さあ私とともにまいろうではないか！」

「生まれたての子鹿のように、両足をぷるぷるさせながら言っても、まったく格好がつきませんよ、殿下」

「問題ない！　段々とめまいも治まってきたからな。この調子なら、あと一分も経てば完全に立ち上がれるようになるだろう。そして、起き上がったら真っ先に貴女を抱き締めたい！　もはやこの胸の高鳴りが抑えきれぬ故な！」

「謹んで遠慮させていただきます。それに、一分もあれば十分です」

「なに？」

「失礼します」

ドンと、アルフレイム様のお身体を突き倒します。

無抵抗で倒れた彼の両足を掴み持ち上げると、私の意図に気づいたのか、アルフレイム様が突然慌て出しました。

「ま、待て！　我が姫君よ！　落ち着きたまえ！」

「はっきり言って今回の騒動の黒幕である貴方を、もっとボコボコにできないのは非常に口惜しいのですけれど……私、貴方と踊るのは疲れましたわ。もう顔も見たくないので、さっさとご自分の国にお帰り下さいませ」

抱え込んだ両足を円を描くようにブンブンと振り回して、加速をつけます。

ああ、そうですね。

絶対に戻ってこられないように、ついでにこれもつけておきましょう。

「〝加速三倍〟」

「ぐおおおおお!? 目、目があああ！ 目が回るぅううう!!」

視認できないほどの速度で私の身体が回転すると、石床がゴリゴリと抉れ、振り回されているアルフレイム様が絶叫します。

よし。これくらい溜めれば、飛距離としては申し分ないでしょう。

というか、そろそろ私の身体も限界が近いですしね。

「それではアルフレイム様、ご機嫌よう」

十分勢いがついた瞬間。

ヴァンキッシュ帝国のある方向へと、アルフレイム様をブン投げます。

「私は諦めないからなあああ……！」

残響を残しながら夜空に飛んでいったアルフレイム様は、あっという間に私の視界から消えていき、やがてお星様になられました。

まったく、面倒なお方でしたね。

あの方は、炎の魔法が得意なことで有名だったはずです。

業火の二つ名に象徴される力を見せずしてもあの強さなのですから、警備隊が来たところで捕まえることなど不可能でしょう。

こちら側の被害が大きくなる前に、お帰りいただくのが一番です。

「……っ」

全身に走る痛みに、私は思わずその場に膝をついてしまいました。

関節が軋み、身体の節々が悲鳴を上げています。

加速を使いすぎた代償ですね。

でも、まだ倒れるには早いです。

もう少しだけ、もって下さいな。

「さて、ゴドウィン様。お待ちかねの時間がやってまいりましたよ」

気を抜けば崩れ落ちそうになる身体に、鞭打ちながら立ち上がりました。

笑顔でゆっくりと歩み寄る私を見て、ゴドウィン様が「ひっ」と悲鳴を上げて後退ります。

「わ、私はこの国の宰相だぞ！　貴様の首程度、私の権力をもってすればいくらでも――」

「ああ、そういうのはもう結構です。聞き飽きましたので。とにかく殴らせて下さいな。私の気がすむまで」

「嫌だあああ！　そ、そうだ！　私の代わりに息子のハイネを殴れ！　こいつには散々苦汁を嘗めさせられてきたのだろう⁉　どれだけ殴っても構わんぞ！　なんなら殺しても構わん！　だから私には手を出すな！」

そう言いながら、気絶して泡を吹いているハイネ様を差し出してくるゴドウィン様。

唯一子供にだけは甘かったのに、遂にそこまで身を堕としましたか。

こうなってしまっては人間おしまいですね。

ああ、そういえばこのお方は人間ではなくドクズ、でしたか。

ならば仕方ありませんね。

「な、なぜだ！　なぜそこまで私を目の敵にする⁉　貴様にしたことなど、精々獣人族の奴隷を差し向けたことと、テレネッツァとかいう小娘を使ってカイル様との婚約を破棄させたことくらいだろう！」

命を狙った時点で、もう殺されてもおかしくないと思うのですが、私の認識がおかしいのでしょうか。

それとゴドウィン様。

いま、なにか聞き捨てならないことをおっしゃっていましたね？

「テレネッツァさんとはお知り合いだったのですか？　それは初耳ですね」

「……はっ⁉」

慌てて口を押さえるゴドウィン様に、ニッコリと微笑みかけます。

いまさらそんな顔をしても遅いですよ。

「なるほど、なるほど。テレネッツァさんには貴方といううしろ盾があったわけですか。道理で男爵令嬢という低い身分にありながら、カイル様と関わりを持てたわけです。いまさらながらに納得いたしました」

第二王子派の貴族をまとめたり、カイル様を国王にしようとしたりしていたことは聞いていましたが、まさか婚約破棄も貴方が仕組んだことだったとは。

「いや、いまのはその……言葉の綾（あや）というか……ひっ⁉」

バキバキバキィッと拳（こぶし）から音が鳴り、血が噴き出します。

歓喜のあまり手を握りしめすぎて、右手の骨が折れて皮膚を突き破ってしまいました。

魔力切れで身体強化ができないことを、すっかり失念していましたね。

「ふふ……そうですか。貴方がテレネッツァさんに肩入れを。そのおかげで私は舞踏会であのような無様な姿を晒（さら）す羽目になったというわけですね？」

ある意味感謝しなければいけませんね。

ゴドウィン様がカイル様とテレネッツァさんをそそのかしてくれたおかげで、私はこうして自由になれたのですから。

　お返しは百倍返しでよろしいでしょうか？

「ま、待て！　私はただ、あの小娘がこうすればうまくいくと言うから、それに従っただけだ！　そ、そうだ教えてやろう！　あの小娘は異世界から女神の力によって転生してきた人間なのだ！　故に、この世界で起こり得る出来事を知っていた！　最初は私もまるで信じてはいなかったのだが、言ったことすべてが実際に起こっては信じざるを得まい！　小娘いわく、私達の暮らすこの世界の出来事は、異世界では乙女ゲームなるものとして描かれていて――」

「これはナナカの件も含めてたっぷりと、お礼をしなければなりませんね」

「話を聞けええぇ!?」

　まったくこのお方は、一体どこまで私を昂ぶらせてくれたら気がすむのでしょう。

　ただでさえ殴り甲斐たっぷりな極上のお肉だというのに。

　恩讐という名のスパイスまで振りかけていただけるなんて、流石は私が認めた拳の想い人です。

「わかった！　はい、負け負け！　私の負けっ！　認めよう！　私の企みはすべて貴様に阻止された！　自らの罪を認めて王宮へ出頭する！　これでいいのだろう!?」

両手を上げて降参のポーズを取るゴドウィン様。

まさか、殊勝な態度を取れば許されるとでも思っていらっしゃるのでしょうか。

「あら、負けをお認めになるのですか？」

「そうだ！　こうなってはいたし方あるまい！　宰相たるこの私が、貴様に勝ちを譲ってやると言っておるのだぞ？　光栄に思うがいい！　だから殴るのは――」

バカじゃありませんの？

許されるわけがありませんよ。

「そうですか。貴方が敗北者ならば、勝者である私の好きにしても構いませんね。では、存分に殴らせていただきます」

「いっ、いやっ、ま、負けてなどいない!!　私はまだ負けを認めんぞおおお！」

「認めないのですか？　それならば、負けをお認めになるまで殴らせていただくことになりますが」

「ひ、引き分け！　引き分けにしようではないか！　そうだ、なにか欲しいものはあるか!?　私の権力を使えば、人だろうが物だろうが、なんでも手に入れることができるぞ！　ほれ、試しに望みのものを言ってみろ！」

「そうですね。では目つきが鋭く、鼻が尖った肥満体形のサンドバッグを所望いたします」

「なんだそんなものでいいのか？　所詮は世間知らずの小娘ということか。ええと、なんだったか。目つきが鋭く、鼻が尖(とが)った肥満体形の――」

　ゴドウィン様がはたと真顔で固まります。

「それ、私ではないか」

「ご明察でございます、我が愛しのお肉様(サンドバッグ)」

　ゴドウィン様の目の前に立ち、すっと手袋を嵌(は)めて拳(こぶし)を構えます。

　遂に、遂にこの時がやってまいりました。

　今日ここに至るまでは、長いようで短いような、まことに充実した日々でございましたね。

「いまから全力で貴方の顔面をブン殴ります。右手と左手、どちらで殴ってほしいですか？」

「ひいいい!?　せ、せめて利き手じゃないほうにしてくれぇ！」

「では右ですか。でも私の右手、いま骨がバキバキに折れているので、もしかしたら殴った拍子に鋭いものが突き刺さってしまうかもしれません。それでもよろしいですか？」

「じゃ、じゃあ左だ！　左で頼む！」

「左ですか。私、左利きなので、こちらなら思う存分全力でブン殴ることができますね。

もしかしたら死んでしまうかもしれませんが、その時はご容赦下さいませ」

「どっちも嫌だああああ!!」

もう、ワガママなお方ですね。

最期くらい、悪の親玉らしく堂々としていただきたいものです。

「ではこうしましょう」

構えていた両手をすっと下ろします。

ホッとした表情のゴドウィン様に、私は優しく微笑みかけて言いました。

「両方で」

「えっ？」

「――〝停滞せよ〟」

時の神クロノワの加護――〝停滞せよ〟。

それを発動させた瞬間、私の周囲の時間が停滞します。

現実の百分の一の速度で時間が流れるこの空間では、唯一私だけが、本来の速度で動くことができるのです。

これでゴドウィン様は、いくら私に殴られても指一本動かせません。

人間サンドバッグの出来上がりです。

さあ、獣（けもの）になりましょう。

「これは貴方に搾取（さくしゅ）されてきた国民の方々の分」

早速、顔面パンチを叩き込みます。

スパァン！　と快音を立てて、ゴドウィン様の頬に私の右の拳（こぶし）がめり込みました。

弾力のある柔らかなお肉が、握り込んだ指一本一本に極上の手ごたえを与えて、何度でも殴りたくなります。

「これは貴方に虐（しいた）げられてきた奴隷（どれい）の方々の分」

続いて左の拳（こぶし）を繰り出し、鼻とお口の間を抉（えぐ）ります。

「これは貴方に人生を弄（もてあそ）ばれたナナカの分」

お次はふくよかな下腹に、腰のひねりを加えたパンチをめり込ませます。

私の拳（こぶし）は柔らかで熱い腹肉に包まれ、まるで熱々のお肉に慌てて歯を立ててしまった時みたいに、やけどしそうになってしまいました。

まあ、私ったら。

なんてはしたないのかしら。

「これは貴方に命を狙われた私の分」

恥ずかしさを誤魔化（ごまか）すように下方から掌底（しょうてい）を突き上げて、顎（あご）を打ち抜きます。

メキメキッと、顎骨（あごぼね）を砕（くだ）く感触がゆっくりと手の平に伝わってきました。

ああ、ですが楽しい時間が過ぎるのはまことに早いものですね。

時間の流れが段々と元に戻ってまいりました。

やがて時は元の時間軸で流れ始め、ゴドウィン様は一瞬で再起不能になるでしょう。

名残惜（なごりお）しいですが、これにて閉幕とします。

「そしてこれは――特に理由はないけど殴りたい私の分です」

数歩下がって距離を取った私は、ダンスを踊るかのように何度もぐるぐると身体を回転させます。

そして勢いが最大まで高まったところで、渾身のうしろ回し蹴りをゴドウィン様の脳髄へと叩き込みました。

「――ごちそうさまでした」

スカートの裾（すそ）を摘まんで微笑みながら、完璧な淑女（しゅくじょ）の所作で一礼します。

「ほんげえええ!?」

ゴドウィン様が叫び声を上げました。

彼にとっては、私の暴力の嵐を一瞬で身に受けたように感じられたでしょう。ズタボロになって吹っ飛び、派手な激突音を立てながら給水塔の壁に突き刺さりました。

「……ふぅ」

大きくため息をつきながら、その場にへたり込みます。

ぽたり、ぽたりと、砕けた両拳からは血が滴り落ちて、床に小さな血溜まりを作りました。

〝遡行〟で自分の身体も元に戻せればよかったのですが、あれはそもそも自分には使えません。

よしんば使えたとしても、回復を待たずに自分の生命力を削れば、命に関わります。

つまり情けないお話、私はもうここから一歩も動けそうにありません。

「スカーレット！　無事か！」

朦朧とする意識の中、床にぺたんと座り込んでいると、階段のほうからお兄様の声が聞こえてきました。ようやくいらっしゃったのですね。

遅い、と言いたいところですが、ちょうどいいタイミングでもありました。

早すぎたら、ゴドウィン様を殴るのを止められていたかもしれませんからね。

「スカーレット！」

お兄様が脇目も振らずに駆け寄ってきて私を抱き締めます。

「すまない……途中で兵士達の足止めを食らって、来るのが遅くなってしまった。くそっ、こんな傷だらけになって……だから私はお前を巻き込みたくなかったのだ……！」

身体を震わせながら、泣きそうな声で話すお兄様。

その背中に、私はそっと腕を回します。

温かくて、大きな背中。

幼い頃のことを思い出しますね。

私が貴族の子息を殴って蹴って大暴れしたあとは、いつだってお兄様が一番に駆けつけて、こうして抱き締めてくれたものです。

「お前、髪の毛が黒く……？」

「ああ、これは大丈夫です。一時的なものですから」

戦闘中にいつの間にかほどけていた私の銀髪は、ちょうど頭頂部から肩の辺りまで、すっかり黒くなっていました。

加護の使いすぎによる、副作用のひとつですね。

自分の未熟さを晒（さら）すようで、お恥ずかしい。

「あまり、見られたくはない姿だったのですが……」

「お前は……！　そうやっていつも私に隠し事ばかりして、勝手に行動して心配をかけて！　この兄はそんなにも頼りないか！　私はお前を守るために、いまの立場や力を

「――」

そこまで言うと、お兄様ははっと目を見開いて口をつぐみます。

「……いや、いまはいい。お前の治療が先だ。もうすぐ警備隊の治癒術師が来るから、それまでは黙って大人しくしていろ。喋るだけでも傷に響くだろう」

「レオお兄様」

「喋るなと言ったぞ」

「お兄様が、綺麗だと言ってくれたから――」

「なに……？」

「幼い頃、手のつけられない狂犬だった私に、お兄様が『お前の銀髪はとても綺麗だから、血で汚すような真似はするな』と言ったのですよ。だから、こうやって黒くなってしまったところは、見られたくなかったのです」

「……っ」

お兄様は驚いた表情をしたあと、目を伏せてふっと優しく微笑まれました。

「まったく……そんな昔のことをいまだに覚えているとはな。そのようなことを考えるぐらいならば、最初から無茶をするんじゃない。バカ者め」

「ごめんなさい、レオお兄様」

ポンポンと優しく頭を撫でられると、身体からスッと力が抜けました。

幼少期からの刷り込みですね。

お兄様にこうされると、つい安心してしまいます。

「――ギリギリ間に合った、といったところか」

階段のほうから、ジュリアス様が悠々とした足取りで歩いてきます。

遅刻しておきながら、ドヤ顔で一体なにをおっしゃっているのでしょう、このお方は。

「まったく間に合っておりませんよ。この惨状をご覧になればわかるでしょう？」

傍（そば）には、床にめり込んで気絶している飛竜。

少し離れた場所には、ボロ雑巾のような姿で白目を剥（む）いているハイネ様。

床や壁はあちこち砕（くだ）け、まるで戦争が起きたあとのような、無残な状態になっていました。

「うむ。およそ人間族が戦ったとは思えんな。まるでドラゴンが暴れたあとのような有様だ」

「ゴドウィン様がボコボコにされる姿をご覧になれなくて、残念でしたね」

「それは確かに残念ではあったが、まあ仕方あるまい。溜まった鬱憤（うっぷん）は、残りものをいたぶることで晴らすとしよう」

残りものをいたぶる？

まだ殴っていないお肉があったかしら。

私が首を傾げていると、ジュリアス様は気怠そうなお顔でおっしゃいました。

「奴隷オークションに集まっていた貴族と関係者を全員捕縛しただろう。ということはこのあと、王宮ではそいつらの処遇を決める尋問や裁判が待っている。つまり――」

ああ、そういうことですか。

彼らが惨めったらしく足掻く様をご覧になって、愉悦に浸るとおっしゃっているのですね。

相変わらずの腹黒っぷりでございます。

「ご趣味が悪いことで」

「貴女に言われたくはないな」

「仲がいいのは大変喜ばしいことだが、この二人が一緒になって、本当にこの国は大丈夫なのだろうか……？」

笑顔で嫌味の応酬をする私達を見て、お兄様が眉間に皺を寄せて深いため息をつかれました。

これにて一件落着、といったところでしょうか。

「で、すっかり忘れていたが一番の大物はどこにいった?」

「そういえばそうですね。妹よ、ゴドウィンを一体どこまで殴り飛ばしたのだ?」

言われてみれば……

殴ったことに満足して、一番忘れてはいけない人を忘れていました。

「まさか張り切りすぎて、粉微塵になるまで殴ってしまったわけではあるまいな。勘弁してくれよ」

もうっ、人のことをなんだと思っているのでしょうか、このお方は。

「ゴドウィン様でしたら、そこの給水塔に突き刺さって――」

給水塔に視線を向けると、そこにいたはずのゴドウィン様の姿は忽然と消えていました。

あら、おかしいですね。あの状態で満足に動けるはずが――

「死ねぇ！　スカーレットォ！」

突然、何者かの絶叫が屋上に響き渡りました。

声のした方向に視線を向けますと、給水塔の陰から、ゴドウィン様が身を乗り出していらっしゃいます。その手には見たこともない漆黒の筒が握られていて、先端はまっすぐに私を狙っているようでした。

油断していた私は、それが殺意を持って向けられていることにまったく気づきませんでした。

そして、次の瞬間。

パァン！　と、乾いた音を立てて、黒い筒からなにかが放たれました。

それは目にも留まらぬ速さで、私の心臓を貫かんと突き進んできます。

避(よ)けられない。そう思った直後――

私をかばうように、眼前に藍色(あいいろ)の背中が躍(おど)り出てきました。

「……まったく、相変わらず詰めが甘いな、貴女は。私の手を煩(わずら)わせるなど、無礼にもほどがあるぞ」

私に背を向けて立ったジュリアス様が、いつもの気怠(けだる)そうな口調でそう言って……

ゆっくりとその場に崩れ落ちました。

「ジュリアス、様……？」

うつ伏せに倒れたそのお身体から、赤黒い血が床に広がっていきます。

「ひ、ひひっ！　やった！　やってやったぞ！　スカーレットは殺せなかったが、ジュリアスを殺してやった！　パリスタン王国もこれで終わりだ！　ははッ！　ぐははははは！」

「ゴドウィン！　貴様ぁ！」

哄笑するゴドウィン様に、激昂したお兄様が手の平を向けます。

しかし、お兄様が攻撃魔法を放つよりも早く、残った力を振り絞って駆け抜けた私の拳が、ゴドウィン様の顔面に突き刺さりました。

「ぐべらぁ⁉」

骨が折れた血まみれの両拳で、何度も何度も容赦なく顔面を殴り続けます。

しかし、不思議ですね。

どれだけ殴ってもお顔が壊れないのは、一体どういった仕組みでしょう。

「ああ、これが原因ですか」

ゴドウィン様が首から下げている数多の装飾品の中でも、一際目立つ青灰色の首飾り。

それを彼の首から引きちぎります。

神聖な力の波動を放つこれこそが、致命傷すら瞬時に再生させる奇跡の正体ですか。

なにか加護でも持っているのかと深読みしてしまいましたが、種がわかれば、なんということはありませんね。

「か、返せ！　女神パルミア様の力を秘めた、私の〝聖少女の首飾り〟を！」

「わかりました。拳でお返ししますね」

バキッ、ベキッ、ボキッ、ゴキッ。

殴るたびに鈍い音が鳴り響き、血しぶきが飛び散ります。

「貴方は自分がなにをしたか、わかっていらっしゃるのですか？　貴方の下らない野望のせいで、ジュリアス様は……」

私は半死半生のゴドウィン様の胸ぐらを掴み、持ち上げました。

「だ、だずげでぐれえ！」

命乞い？

聞く耳を持つわけがありません。

こんなクズ、生きている価値なんてないんですから。

死んだほうが世のためです。

「ジュリアス様にあの世で詫びてきなさい――ゲス野郎」

掴んでいた手を離した私は、身体をぐるんと回転させ、渾身のうしろ回し蹴りをゴドウィン様のお腹に叩き込みました。

「う、うぎゃあああああ!?」

ゴドウィン様は断末魔の叫び声を上げながら、屋上の縁を飛び越えて吹っ飛んでいきます。

空中に投げ出されたそのお身体は地上へと落下していき、やがて夜の闇に消えました。

「ジュリアス様……仇(かたき)は取りましたわ」

すべての力を使い果たした私は、その場に座り込みます。

もう指一本動かせる気がしません。

「どうか安心して、天から私達のことを見守っていて下さいね」

「おい、勝手に私を殺すな」

血溜まりに倒れていたジュリアス様が、むくりと身体を起こしました。

傍(かたわ)らで必死に治癒魔法をかけていたお兄様は、それを見てほっと息をつきます。

「あら、ジュリアス様。死んでいらっしゃったのでは？」

「死に損ねたようだな。残念だったか？」

「いえいえ、とんでもありません。ご無事でなによりですわ」

定番となったニッコリ笑顔で向き合います。

「ジュ、ジュリアス様あああッ！」

お兄様がお顔を真っ赤にされながら、ジュリアス様に詰め寄ります。

「な、なにをなさっているのですか貴方はーッ!?　治癒魔法が効いたからよかったものの、死んでもおかしくない傷だったのですよ!?　ご自分のお立場をわかっていらっしゃるのですか！　貴方はパリスタン王国の第一王子なのですよ⁉」

「そんなことは誰よりも私自身が一番よくわかっている」

「でしたら、なぜ命を粗末にするような真似をなさったのですか！　いままで貴方がどんなに無茶なことをやらかしても目をつむってまいりました！　ですが、今回ばかりは許容できません！」

いつになく激しいお兄様のお説教に、ジュリアス様がうんざりして肩をすくめていらっしゃいます。

いいですわよ、お兄様。

周りの心配など考えもせず、好き勝手に行動する自己中王子様に、しっかりとご自分の身の大切さをわからせてあげて下さいませ。

「ジュリアス様！　レオナルド様！　スカーレット様！」

その時、私達を呼ぶ声とともに、シグルド様が階段のほうから姿を現しました。

彼のうしろには、奴隷用の簡素な服を着せられたナナカの姿もあります。

どうやらシグルド様に助けていただいたようですね。

この件における唯一の心配事だったので、安心いたしました。

「凄まじいな……飛竜と戦っていたとは。お三方、ご無事なようでなによりです」

屋上の惨状を目にしたシグルド様が、戦慄(せんりつ)しておっしゃいました。

あの、それやったの、ほとんど私一人なんですけどね。

「竜よりも恐ろしい狂犬が暴れていたからな。なんとか無事であったぞ」

「シグルド！　お前からも言ってやってくれ！　ジュリアス様ときたら――」

シグルド様を交えて再び始まった、お兄様のお説教タイム。その様子をぼんやりと眺めていますと、ナナカがこちらに向かって駆けてきました。

「……大丈夫か？」

「大丈夫、と言いたいところですが、もう指一本動かせません。申し訳ございませんが、肩を貸していただけますか」

「ん……」

フラフラと揺れる私の上半身を支えるように、ナナカが小さな身体をぴったりと寄せてきます。

いまにも倒れそうだった私は、ナナカに寄りかかって、ようやく身体の力を抜くことができました。

「ありがとう。助けに行けなくてごめんなさいね」

「……最初から、僕のことは後回しにしていいと言ってあったはずだ。問題ない」

ナナカの肩を借りてゆっくりと立ち上がります。

いつの間にか夜は明け、地平線の向こうからは朝陽が昇り始めていました。

王都の街は、昨晩から行われた大捕物によって、早朝とは思えないほどに騒がしくなっております。

下を覗けば、大講堂を囲うようにずらりと並んだ警備隊の兵士達と、捕縛された大勢の貴族達が連行されていく様子が確認できました。

その中にはなんと、包帯でぐるぐる巻きにされて担架で運ばれていくゴドウィン様のお姿もあります。私に落とされたあと、偶然木かなにかに引っかかって一命を取り留めたのでしょう。

本当にしぶといですね、あのお肉は。

「……スカーレット」

「はい、どうかいたしましたか」

「……目的は、果たせたのか？」

こちらの顔色を窺いながら尋ねてくるナナカに、私は――

「――はい。スッキリいたしました。これでもう、思い残すことはなにもありません」

そう言って満面の笑みを浮かべると、繋ぎ止めていた意識を手放しました。

第八章　もういいですよね？

「ジュリアス様、こちらの書類もお願いします」

「おい、レオ。私を過労死させる気か」

王宮内に存在する、王宮秘密調査室本部。

その室長室で、私の向かいに座っているジュリアス様が、大量に積まれた未決裁書類の山を見て、うんざりした顔をされた。

「仕方ないでしょう。愚か者達の惨めな姿を見たいと言い出したジュリアス様が、奴隷不法所有者どもの尋問に夢中になっていたせいなのですから。その間、書類がずっと滞っていたんです。自業自得ですよ」

「くっ、こんなことになるのであれば、決裁の権限もすべてお前に渡しておけばよかった……！」

「なりません。元はといえば、国王陛下と貴方が立ち上げた組織でしょう。室長に権限を集中させて、もし私が暴走でもしたらどう責任を取るおつもりですか」

「暴走？　お前が？　それは是非とも見てみたいものだな。もしや妹のように暴れるのか？　貴族を物理的に振り回し、前衛芸術を建立してだな……」

「するわけがないでしょう、そんなこと……はぁ」

奴隷オークションの事件から、一ヶ月が過ぎた。

捕まえた貴族や兵士達は裁判にかけられ、ほとんどの者が財産を没収。

お家取り潰しになった上、爵位も領地も剥奪され、いまもなお投獄されている。

それにより王宮では、人事ががらりと入れ替わることになった。

いまだ半分近く空席となっている各分野の要職には、身分を問わず市井からも優秀な者が起用され、新たな風が吹き始めている。

長年上位貴族達によって溜め込まれた膿を残らず吐き出し、王宮内の人事に革命を起こすというジュリアス様と国王陛下の計画は、見事に成功したというわけだ。

「そういえば、元奴隷達の処遇はどうなっている？」

「半数ほどは生まれ故郷に帰すことができました。しかし――」

貴族達によって違法所有されていた奴隷は、全員で千人近くにも及んだ。

把握できているだけでこれなのだから、実際はどれだけいたのか。

また、無理矢理奴隷にされた者もいれば、家族に売られた者もいたため、帰る家のない者には職を与えて国で保護することとなった。

どうやら奴隷の売買には他国も関与していたようだが、いくら奴隷商を尋問しても、裏にある組織も、繋がっている国も、いまだに明らかにできていなかった。

……奴隷に関連する問題は闇が深い。

「せめてゴドウィンが生きていればな」

書類に印を押しながら、ジュリアス様がボヤいた。

「まさか、獄中で自殺するとは思いもしませんでしたからね」

捕縛して一週間後の朝、ゴドウィンは刑務所内で事切れていた。

どこに隠し持っていたのか、毒を呑んでの自殺だった。

これにより、ヤツが交わしていたであろうヴァンキッシュとの密約や、奴隷の売買ルートに関する情報は、完全に闇に葬られてしまった。

「あれほど狡賢く、なによりも自分の利益を優先するゴドウィンが自殺するなど、私にはとても信じられん」

「他殺の証拠がない以上、自殺としか認定できませんからね。ただ――」

ゴドウィンは私達がその存在すら聞いたことがないような、魔道具を所持していた。

どんな致命傷であってもたちどころに回復させる、〝聖少女の首飾り〟。

凄(すさ)まじい速度で弾丸を撃ち出す、黒い筒のような飛び道具。

大講堂の屋上で追い詰められた時、ヤツは言った。

女神パルミアの力を秘めている、と。

もしそれが真実ならば、この事件にはヴァンキッシュだけではなく、国教であるパルミア教も関わっていることになる。

「パルミア教か……面倒なヤツらが出張ってきたものだ。坊主は坊主らしく、国がよくなるようにただ祈っていればいいものを」

「王宮に匹敵するほどの財力と権力、そして武力も兼ね備えていますからね。国民に支持されていることも考えれば、ゴドウィンよりも数倍厄介な相手でしょう」

「やれやれ。父上もなぜこんなことになるまで放っておいたのやら。私に課せられた宿題があまりにも多すぎる。そうは思わんか？」

ため息をつかれるジュリアス様に、私は苦笑しながら言った。

「それだけ期待されているということでしょう。しっかりなさって下さい。カイル様がいない以上、この国の行く末はすべて、ジュリアス様お一人の肩にかかっております故(ゆえ)」

「わかっている。ちょっと愚痴(ぐち)っただけだ。お前ときたらこう、いつもノリが悪いな。

たまには場を和ませるウィットに富んだジョークでも言ったらどうだ？　お前の実家にいた厳しい顔をした執事長でも、もう少しマシな気の遣い方をしていたぞ」

「そんなことを言う余裕がおありでしたら、書類を追加しましょうか。まだまだ決裁が必要な案件はたくさんありますよ」

真顔で答える私に、ジュリアス様が盛大な舌打ちをされた。

「ちっ……悪魔め」

「なにかおっしゃいましたか？」

「なにも言っておらんわ。ああ、そうだ。スカーレットの調子はよくなったか？」

「いまだに実家で療養中ですよ。髪も段々と元に戻ってきているようです」

「それはなによりだ。今度私も見舞いに行くとしよう」

そうおっしゃるジュリアス様は、いつもよりどこか優しげな雰囲気を纏っているように見えた。やはりこのお方は、スカーレットのことを想っていらっしゃるのだ。

「……まあ、信じられないくらい大人しくしておりますよ。こういう時には大抵、なにかとんでもないことを企んでいるので、いまのうちから胃がキリキリと引き絞られる気分ですがね」

「はっはっは。あのお転婆がなにもしでかさないわけがなかろう。きっとまた、私達が思いもしないような惨劇を巻き起こしてくれるに違いない」

　考えないようにしていたというのに、このお方は。

「嬉しそうにしないでいただきたい。ああ……家にあれを残してきたことが心配になってきたではないですか」

「くく……本当に、なんなのだろうな、あの娘は。色々と持ちすぎだろう？　この世界がもし歌劇であるならば、あれは間違いなく劇の中心であり、主役になるのであろうな。本当に、面白い女だよ」

　そう言って微笑まれたジュリアス様のお顔は、いつもの意地の悪い笑顔ではなく、純粋で裏表のない笑顔だった。

「スカーレットが傍にいたら、毎日が退屈しないだろうな――いっそ本当に婚約でもしてみるか」

「はは、なにをおっしゃいますか。もう妹とは誓いを立てられたのでしょう？　生涯をともにすると」

「ん？　ああ……そうか、そうであったな。お前は勘違いしたままであったか」

「は？　勘違いとは？」

「いや、なんでもない。さあ、残りを終わらせるぞ。これが終わり次第、楽しい楽しい尋問タイムの再開だ」

「そんな邪なことを糧にしないでいただきたいものですね……まったく」

あとで王宮薬師の友人に、胃痛に効く回復薬を調合してもらおう。

この調子ではジュリアス様もスカーレットも、そう遠くないうちにまた、盛大になにかやらかすに決まっているからな。

◆◆◆

奴隷オークションの日から一ヶ月近く寝たきりになっていた私は、ようやく自分の足で自室から出ることを許されました。

「まったくお兄様ったら、大袈裟なんですから」

鼻歌を口ずさみながら、足取りも軽く居間に下りると、来客をもてなす準備をしていたセルバンテスと顔を合わせます。

「おはようございます、スカーレットお嬢様」

「ええ、おはよう。セルバンテス」

「お加減はいかがでしょうか」

「もう、いつまでも病人扱いはやめてほしいわね。この通り、すっかり元気ですわ」

シュッシュッ、と軽くパンチを打ちます。

拳が空気を裂く心地好い音が響きました。

けれど全快には程遠いですね。

まだ七割くらい、といったところかしら。

「そういえばセルバンテス、私が構想、開発に携わった例のものはどうなっていますか？」

「ストレス解消用サンドバッグ、『拳の想い人』でしたか。一応業者に頼んで市井の店に流しはしましたが、売れるかどうかは……」

「ジュリアス様が噴き出しながら太鼓判を押してくれたので、人気商品になること間違いなしです。ああ、そうだわ。その旨も一緒にうたってはどうかしら。第一王子ジュリアス殿下ご用達のサンドバッグです、とね」

「承知いたしました。では、そのように手配いたします」

「よろしくお願いしますね。では、私はお客様をお迎えに……あら」

居間の奥からパタパタと足音を立てて、一匹の黒い狼が駆け寄ってきました。

「わん！　わん！」

「よしよし、どうしたの。そんなに慌てて」

ふわふわの身体を撫でてあげると、目を細めて嬉しそうに身体を擦(す)りつけてきます。

ふふ、この子ったら。

すっかり甘えん坊になってしまったわね。

「こらー、ナナカー！　これからお客様が来るんだから、ちゃんと支度を手伝いなさーい！」

台所のほうからナナカのお世話係のメイドの声が響いてきました。

なるほど。慌てていたのはそのせいですか。

「こら、サボりはいけませんよ？」

「くぅん……」

耳を伏せて悲しそうに唸(うな)るナナカを抱き上げて、台所のほうに連れていきます。

すると予想通り、そこにはお世話係のメイドがいました。

「あ、スカーレット様！　おはようございます！」

「ご機嫌よう。この子のこと、お願いね」

「あー！　もう、ナナカったら。お嬢様にご迷惑をかけないのっ！」

「うー、わう！」

その場に下ろすと、ナナカは不満そうに吠えてどこかに走り去っていきました。

「あ、こら！　待ちなさーい！」

「わう！　わう！」

お昼から賑（にぎ）やかだこと。

ナナカが戻ってきてから、我が家はより一層明るくなりましたね。

いいことです。

お兄様は騒がしいと眉間に皺（しわ）を寄せそうですけれど。

「お嬢様、そろそろ予定のお時間ですが」

「わかりました。十分ほどで戻りますので、それまでにお茶会の準備をすませておいて下さい」

「承知いたしました」

礼をするセルバンテスに背を向けて、テラスから庭園に出ます。

眩（まぶ）しい陽差しに目を細めて、少し黒の交ざった髪を風に揺らしながら――

私は大空に向かって、その名を呼びました。

「――おいで、レックス」

どこからともなく、巨大ななにかが風を切る音が聞こえてきました。

それは私の頭上まで来ると、大きな翼を羽ばたかせながら、地上に舞い降りてきます。

「ギャオオオ!!」

降り立った飛竜――レックスは、地に伏せて私を背中に乗せると、再び翼を広げて空へと舞い上がりました。

「さあ、風になりましょう」

私がつぶやいた次の瞬間、レックスは凄(すさ)まじい速度で空を突き進み、一瞬で景色を置き去りにしました。

これならば、数十秒で目的地まで着いてしまいそうですね。

「止まりなさい」

レックスに命じて、空中で停止させます。

予想通り、数十秒もかからずに、ヴァンディミオン公爵領の端まで着いてしまいました。

「さて、お二人はどこにいらっしゃるのかしら」

眼下に広がる森を見渡すと、ちょうど木々が開(ひら)けた場所に二台の馬車が停まっているのが見えました。

馬車には、マドレーヌ家とシャンパーニュ家の家紋が刻(きざ)まれています。

「あそこに降ろしてちょうだい」

「グァア！」

レックスが翼をひるがえしてゆっくりと地上に降りていくと、不意に二人の人影が馬車から飛び出してきました。

王立貴族学院の制服を着た二人の女生徒は、私達に向かって両手をかざして叫びます。

「風よ、渦巻き吹き荒べ！」

「大地よ、隆起し砕け散れ！」

紡がれた魔法の言葉が力となり、二人の手から風の刃と岩の礫が私とレックスめがけて飛んできたのでした。


「……それで、レックスのことを敵と勘違いして襲ってきたのですね」

ヴァンディミオン公爵邸の客間にて、私は学院の友人とお茶を飲みながら話をしております。

「私はやめろと言ったのだけれどね。エンヴィがやらなきゃやられると騒ぎ出して。やかましいったらなかったわ」

そう言うのは、私の友人の一人、ローザリア・レイ・マドレーヌ伯爵令嬢。

白金の髪を縦ロールにした、人形のように可愛らしいお方です。

「はあっ⁉　誰か乗ってるから様子を見ましょうって私が言ったのに、先手必勝とか言って飛び出して行ったのはどこの誰よぉ⁉」

もう一人の友人、エンヴィ・メル・シャンパーニュ伯爵令嬢が反論します。

私と席を囲むお二人は少しも変わりないご様子で、見ているだけで微笑ましい気持ちになってしまいますね。

学院で常に成績上位だったお二方とは、互いに切磋琢磨(せっさたくま)していくうちに意気投合し、いつの間にかこうして家を行き来するようになっておりました。

いつもカイル様の介護に走り回っていたため、中々同級生と親交を深めることができなかった私にとって、お二方は数少ない友人と呼べる大切な方々でございます。

「そもそも、スカーレットさんはなんで飛竜なんかに乗ってきたわけぇ？　敵国の騎獣なんかで王国の上空を飛び回ってたら、撃ち落とされても文句言えないわよ？」

薄紫色の長い髪を指先で弄(もてあそ)びながら、エンヴィさんがふんっと顔をそむけておっしゃいました。

確かに、彼女の言うことはもっともですね。

今度からは、人に見つからないようにもっと高度を上げるとしましょう。

「ふふ。お二人を驚かせようと思いまして」

「バッカじゃないのぉ？　危うく風魔法でバラバラにしちゃうところだったじゃない。貴女が乗っていることに気づいて攻撃を中断した私に感謝するのね」

「そんなこと言って、飛竜が降りてきた時のエンヴィの狼狽えようと言ったらなかったわ。どうしましょうどうしましょう食べられてしまうわって、顔を青くしながら右往左往して」

「まあ、そうでしたの。怖がらせてしまって、申し訳ございませんね、エンヴィさん」

「ローザさぁん!?　嘘を伝えるのはやめて下さる!?」

相変わらず、このお方はエンヴィさんを弄るのが大好きなようです。

ローザさんは、無表情のまま口元だけをフッと歪めて意地悪に微笑みました。

いい性格をしていらっしゃいます。

「そういえば、この三人で集まるのも久しぶりですわね。みなさん、ここ最近はいかがお過ごしでしたか？」

私が寝たきりになっているうちに卒業試験の結果発表があり、私達三人は当然合格。卒業式を終え退寮した彼女たちは、その足で私のもとを訪ねてくれたのです。

「快適だったわよぉ？　なにせ目の上のたんこぶだったスカーレットさんと顔を合わせる必要がなかったんだからねぇ。卒業までの一ヶ月間、学院寮は私の天下だったと言っても過言ではないわ！　おっほっほっほ！」

「嘘。スカーレットがいないから張り合いがなくってつまらないって、いつもボヤいていたわ」

高笑いするエンヴィさんに、ローザさんが横からツッコミを入れます。

ギロリとローザさんを睨んだあと、エンヴィさんは意地の悪そうなお顔で私におっしゃいました。

「それに、貴女と相部屋でよかったわぁ。二人用のお部屋を一人で使えるようになって、とっても快適だったのよね」

「これも嘘。寂しいから一緒に寝てもいい？　ってしょっちゅう私のところに来ていたわ。それに、いつスカーレットが帰ってきてもいいように、貴女のベッドも綺麗に掃除していて……」

「ローザさぁん!?　それ以上余計なことを言ったら、口の中に直接氷魔法をブチ込むわよぉ!?」

「むぐぐー」

無表情でピースするローザさんの頬を、エンヴィさんがむにぃっと引っ張ります。

仲がよろしいことで。

羨ましい限りですわね。

私もこの戯れに参加したいところです。けれど下手に手を出そうものなら、可憐なローザさんの頬を引きちぎってしまいそうなので、やめておきましょう。

「はあ、はあ……わ、私達のことはどうでもいいのよ。貴女のほうこそ、どうだったわけ?」

フン、と鼻を鳴らしながらエンヴィさんがおっしゃいました。

「私、ですか?」

「いきなり寝たきりになったと聞いて、爆笑したんですけど? バカじゃないの? 一体なにやらかしたのよ」

「そうね、貴女にはなにが起きたのか説明する義務がある。なにしろあの時のエンヴィときたら、スカーレットが死んじゃうって泣きじゃくって大変だったわ。やっと泣きやんだと思ったら、今度は街中の回復薬を買い込んできて、スカーレットを助けに行くって学院を飛び出しっ……もがもが」

「あああああ!! それ以上喋るなあああ!!」

エンヴィさんが叫びながらローザさんの口を塞ぎます。

さて、私のことですか。

このお二人なら口が堅いから話しても大丈夫だとは思うのだけれど、一体どこから説明したらいいものかしら。

頭の中で一ヶ月前の出来事をまとめていたところ、中性的なボーイソプラノが客間に響きました。

「スカーレット」

声のほうに視線を向けると、執事服を着たナナカがいつの間にか横に立っておりました。

突然音もなく現れたナナカに、ローザさんとエンヴィさんは目を丸くしていらっしゃいます。

諜報員だった頃の癖がまだ抜けていないみたいですね、この子は。

あれほど人前では気配と足音を殺すなと言いつけてありますのに。

「ナナカ、まだ来客中よ。あとで遊んであげるから、もう少し待っていなさい」

「……子供扱いするな。それと、僕は遊びに来たんじゃない。スカーレットに客だ」

お客様？　今日は友人のお二人が来るので、他に予定は入れてなかったはずですが。

どなたか尋ねようと思いましたが、ナナカときたらそれだけを告げて、また音もなくどこかへ消えてしまいました。

もう、あの子ったら。

「みなさま、すぐに戻りますので、少々お待ちになっていて下さいませ」

お二人にそう告げて、席から立ち上がった時……

「その必要はない」

聞き覚えのある声とともに、ドアが開きました。

セルバンテスを伴って、客間に入ってきたそのお方は──

「レオから、そろそろ起き上がれる頃だと聞いてな。見舞いに訪ねてみたのだが……見知った顔がいるな。なんだ、今日は同窓会でもやっていたのか？」

こちらの予定も確かめず、突然やってきたジュリアス様でございました。

なにが同窓会でもやっていたのか？　ですか。

せっかく優雅に女子会を楽しんでいましたのに。

いきなりやってきたかと思えば、我が物顔でこの態度。

ほら、みなさんも憤慨していらっしゃるじゃありませ……ん？

「きゃあっ、ジュリアス殿下!?　ご、ご、ご機嫌ようっ」

「ご、ご機嫌麗しゅうでございますなのだわ……」

えっ、なぜお二方とも、そんなにお顔を真っ赤にしていらっしゃるのでしょうか。

ローザさんなんて、もはや言葉も怪しくなっております。

「ご機嫌よう、エンヴィ嬢、ローザリア嬢。まさかこのような催しをしているとは、思ってもいなくてな。突然押しかけてしまって、ご迷惑だったかな？」

「とととんでもございませんわっ！　ねえ、ローザさん！」

「そ、そうね。ジュリアス様、このような休日にお会いできて光栄の至りなのですわ」

天使の笑みを浮かべているジュリアス様を前に、お二方は王子様に憧れる乙女のような表情をなさっています。

ああ、そうでした。すっかり忘れていました。この方の外面のよさを。

気を許している相手以外には決して本性を見せないジュリアス様は、学院では誰にでも分け隔てなく優しく接し、その輝かしい容姿と文武の才も相まって、全女子生徒の憧れの的になっておりましたものね。

「不躾で悪いのだが、少しだけスカーレットを借りていってもいいだろうか？　二人きりでしたい話があるのだ」

「はい？」

思わず素の声が出てしまいました。

なにをおっしゃっているのですか、貴方は。

いま私は、学友達と水入らずでお茶会を楽しんでいますのよ。

交ぜてくれと懇願するのならばまだしも、借りていくなど何事ですか。

ほら、みなさんも言ってやって下さいな。

断固として拒否いたします、と。

「どうぞどうぞ！　いくらでも借りていって下さい！」

「スカーレット、羨ましいのだわ……」

あっさりと引き渡されてしまいました。

みなさん、酷いですわ。

「では借りていくぞ」

こちらに近づいてきたジュリアス様が、さっと私の手を取ります。

きゃあ！　と、お二方から嬉しそうな悲鳴が上がりました。

仕方ありませんね。

私もジュリアス様にはお話ししたいことがありましたし。

「中庭に移動しましょうか」

そう言って、私はその手をやんわりと握り返しました。

色とりどりの花々が咲き誇り、緑溢れる我が家の中庭。

その中央まで来ると、ジュリアス様は握っていた手を離し、私を振り返って真剣なお顔でおっしゃいました。

「……その髪、まだ元に戻らないのか」

オークション時の加護の過剰使用によって、黒く染まってしまったこの髪は、あれから一月経ってもまだすべて元に戻っていません。

なにか身体に害があるわけではないのですが、銀髪の中に中途半端に黒が交じっている様は美しくないので、なんとかしたいところです。

「学院の寮を片づけたら、霊験あらたかな湯が湧くという温泉に、湯治に行こうと思っておりますの。魔法や呪いに限らず、加護による心身の損傷にも効果があるとお聞きしたので」

「そうか……それがいい。貴女はこの国にとって、かけがえのない存在だ。些細な異状であっても、それがきっかけでなにか取り返しのつかないことが起こっては困るからな」

「そのお言葉、そっくりそのままお返しいたしますわ」

「なに……？」

私の切り返しに、ジュリアス様が眉を顰めます。

そう、あの屋上での戦いの時から、私はずっとジュリアス様に言いたかったことがありました。

それは――

「もう二度と、あのような真似をなさるのはおやめ下さい」

「あのような、とは？」

「ご自分の命を盾にして、私を守ったことについてです」

時の神クロノワの加護が、この国にとって非常に貴重なものであるということは重々承知しております。

ですが、それでも……

次期国王であるジュリアス様の命と天秤(てんびん)にかけるには、あまりに軽いものでしょう。

「王族として、私をそこまで重要視して下さっているのは、嬉しく思っております。ですが――」

「スカーレット」

ジュリアス様が私の言葉を遮(さえぎ)りながら、不意に庭に咲いている赤い薔薇(ばら)を指さしました。

なんですか、まったく。

私のお話はまだ終わっていませんよ。

「ここにある薔薇は、採取してもいいものか？」

「……？　ええ。元々お客人にお贈りする用にと育てているものですので、別に構いませんが」

突然なにを言い出すかと思えば、ジュリアス様がお花を？　一体なにを企んでいらっしゃるのかしら。

「グランヒルデの商業区で、二人で買いものをした時のことを覚えているか？」

私に背を向けて、薔薇をいくつか手に摘み取りながらおっしゃいました。

あの日のことは、忘れたくても忘れられませんよ。

散々人をからかってお遊びになって、いま思い出してもむしゃくしゃいたします。

このままお背中をどーんと蹴り倒したくなるくらいに。

しばらく無言の時間が続いたあと、ジュリアス様が静かに口を開きました。

「……私の父上と母上も、その昔、身分を隠して商業区に遊びに行ったことがあるらしい」

「国王陛下と王妃様が？」

意外ですね。

お二方とも、とても物静かで真面目な方ですから、そのようなやんちゃなことはなさらないように見えますのに。

「あの二人が真面目なのは外面だけだ。私の腹黒い部分と面倒くさがりな部分は、それぞれ父上と母上から受け継いだものだ、と言えばわかりやすいか」

不敬故、口には出せませんが、もしジュリアス様のおっしゃっていることが本当なら、きっと国王陛下と王妃様の周りの方々は、お兄様のように胃薬を常用なさっているのでしょうね。

「そして、そんな打算的で腹黒い父上が、商業区の店でとあるものを買って、母上にプレゼントした。母上はそれまで、その美しい容姿と家柄故に、毎日星の数ほどの贈りものと求婚の言葉を受け取ってうんざりしていたそうだ。だが、王家の嫡男であった父上からの意外なプレゼントに、その時生まれて初めて、異性に対して胸を高鳴らせてしまったらしい」

振り返ったジュリアス様は、手に持ったそれをそっと私の頭の上に載せました。

「これは……」

――薔薇の花冠。

贅を尽くした煌びやかな冠ではなく、綺麗な花で作られた質素で可愛らしい花冠です。

王妃様はこの花冠によって国王陛下のお人柄を知り、惹かれたのですね。

「スカーレット。私には貴女が必要だ」

ジュリアス様が私を見つめてきます。

その目は、一点の曇りすらない澄んだサファイア色。

なんの打算もない、ただ一人の、同い年の男の子の目をしていました。

「貴女がいるだけで、私の世界は色鮮やかに輝き出す。なにもかもが退屈で灰色だった私の現実を、真っ赤な鮮血のヴェールで彩ってくれた貴女に、私は心を奪われてしまった」

私の両頬に、ジュリアス様の指が優しく触れます。

くすぐったさに目を細める私を、愛おしそうに見つめてくるジュリアス様。

顔が熱い。頬が火照る。

私は思わず顔を伏せました。

きっと、いまの私の顔はどうしようもないくらい真っ赤になっていることでしょう。

「お戯れもほどほどにして下さいませ」

消え入りそうな声でそれだけ言うのが精一杯で、もはや私はジュリアス様と目を合わせることもできません。

意味がわかりません。

どうして自分がこんな風になってしまっているのか。

いつもならすぐに出てくるはずの嫌味も。

言葉より先に出るはずの拳も。

なにもかもが眠ってしまったみたい。

もしかして私は、自分でも知らないうちに、このお方のことを――

「だから、ずっと私の傍にいてくれるか？　――我が最愛の玩具よ」

「…………は？」

……ちょっとお待ちなさい。

いま、なんとほざきやがりましたか、このお方は。

「どうした？　顔色が死人のように青白くなっているぞ？　医者を呼ぶか？」

誰のせいだと思っているのですか、この腹黒王子。

「あの、お聞きしたいことがあるのですが」

「まだ私の問いに答えていないぞ？　まあいい。貴女は私に永遠の忠誠を誓ったのだからな。ずっと私の愛すべき玩具でいろなどと、わかりきったことを言うまでもなかったか」

まだよ。まだ我慢しなさい、スカーレット。

私は震える拳を押さえながら、笑みを浮かべて顔を上げました。

「ジュリアス様は、私を愛していらっしゃるのではないのですか？」

「愛しているぞ？　面白すぎる玩具としてな。なんだ、まさか私が恋愛対象として貴女を見ているとでも思っていたのか？　くくっ……いや、すまない。貴女も年頃のご令嬢であったたな。最近、人を壁に突き刺したり、宰相を半殺しにしたりする姿ばかり見ていたものだから、すっかり人外のように思ってしまっていた。よし、わかった。貴女がそういう関係を望むのであれば、付き合ってやってもよいぞ。臣下の要望に応えるのも、上に立つ者の役目だからな」

いつものように黒い笑みを浮かべながら、偉そうに髪を掻き上げるジュリアス様。

よし、もういいですよね？

いままで何度もイライラさせられて、そのたびに我慢してきたんですもの。

最後くらいはこのお方に一発スカッと、させていただきましょう。

「ジュリアス様、質問ついでに最後にひとつだけお願いしてもよろしいでしょうか」

「言ってみろ。貴女のことだ、当然私の思いもよらないような面白いことをしてくれるのだろう？」

スカートの中から手袋を取り出してすっと嵌めた私は、口の端を吊り上げて邪悪な笑みを浮かべながら言いました。

「私の目の前にいるクソ王子を、ブッ飛ばしてもよろしいですか？」

書き下ろし番外編

いいえ、私が落としたのはそちらの綺麗な王子です

とある日の昼下がり。ヴァンディミオン邸の居間でお茶会を開いた時のことでした。

「さあどうぞ召し上がれ」

テーブルに焼きたての炭化しかけたアップルパイを置きます。香ばしい匂いに、沸き立つ湯気。実に食欲をそそりますね。これは我ながら会心の出来ではないでしょうか。

「……ナナカ。なぜスカーレットを台所に立たせた？　以前にそれだけはやらせるなと、口を酸っぱくして言っただろう」

私の左隣に座っていたレオお兄様がため息まじりに言いました。右隣ではナナカが顔を引きつらせながら口を開きます。

「いや、まさかこんなことになるなんて思わなかったんだ。だってなんでもできるスカーレットが、まさかこんなにこの手のことが苦手だったなんて」

失礼な。二人とも、まるで私が料理音痴かのように言って。

「確かに少しばかり見栄えは悪いですが、ちゃんと味見もしましたし、味は保証しますわ」

ふん、と腕を組んで私が言うと、対面に座っていたジュリアス様が、パイを摘まみ上げて首を傾げます。

「少しばかり？」

このお顔。私を弄って反応を楽しもうとしていますね。その手には乗りませんよ。

「ふむ。ちなみにこのパイ？　らしきものは、なにか獣を模したような歪な形をしているが、一体なにを作ろうとしたのだ？」

「ナナカです」

「は？」

ナナカが驚愕に目を見開きます。私、何かおかしなことを言ったかしら。ああ、わかったわ。言葉足らずでした。

「正確には獣化したナナカです。可愛いでしょう？」

「なるほど。私にはハンマーで顔面を殴打されたあと焼き殺されたオークにしか見えなかったのだが、ナナカだったのか」

まあ、なんて意地悪なことを言うのでしょう。ご自分の美的センスがないことを棚に上げて。

「これが、僕……」

ナナカが呆然とした表情でパイを凝視しています。感動のあまり、感極まってしまったのかしら。


「やはり子供は正直でいいですわね。どこかの意地悪腹黒王子とは大違い」

「そうだな。ナナカは実に正直者だ」

にっこりと微笑むジュリアス様に釈然としないものを感じます。皮肉を言われているのに、なにを喜んでいるのでしょうね。殴られたいのかしら。

「わかりました。百歩譲って、見た目がよくないのは認めましょう」

「譲る歩数が多すぎる。この出来であれば、一歩か二歩でも長距離すぎるぞ」

うるさいですよクソ王子。

「ですがお菓子は食べ物です。あくまで外観は飾り。御託は実際に食べてから言って下さいますか？」

私の発言にみなさんは顔を見合わせます。

「……私は残った分をすべて食べる。こんなモノでも妹が心を込めて作ったものだからな。責任は私が取ろう」

レオお兄様、なんてお優しい。ですがこんなモノ呼ばわりは聞き捨てなりませんよ？

「これが僕……スカーレットには僕がこんな風に見えてるのか……」

ナナカはちょっとまだ精神的なダメージが大きそうでダメそうですね。仕方ありません。後ほど仕事の合間におやつとして差し入れてあげましょう。

「シグルド、こっちに来い」

「は。何用でしょう」

ジュリアス様が呼びかけると、窓際に控えていたシグルド様がこちらに歩いてきます。

「話は聞いていたな？　一番槍の誉れは騎士であるお前に譲ろう。さあ、行け」

「えっ」

シグルド様のお顔が硬直します。まさか自分が食べていいと言われるとは思っていなかったのでしょう。彼だけはジュリアス様の護衛として職務でここに来ているわけですからね。

「シグルド様、甘い物はお嫌いですか？」

「い、いいえ、そういうわけでは……ですが今は護衛の職務中ですし、その」

シグルド様が照れたように目を逸らします。相変わらず真面目なんですから。こういう方を見ると、少し意地悪したくなりますね。ふふ。

「ずっと気を張って護衛をされているのは大変でしょう。息抜きも時には必要ですわ」

「そうだぞ、シグルド。護衛対象の私がいいと言っているのだ。大人しく人柱……ではなく、毒味役となれ」

「スカーレット様、ジュリアス様……」

私達二人のゴリ押しにシグルド様は困ったように苦笑したあと、観念したかのようにうなずきます。

「わかりました。では、ひとつだけ」

シグルド様が手袋を取り、パイをひとつ摘まみ上げ、口に入れました。その様子をその場の全員が固唾を飲み、食い入るように見入ります。大袈裟な。毒が入っているわけでもあるまいし。たかだかお菓子をひとつ食べていただいただけですわ。

「これは……おい、しい……？」

困惑の表情でシグルド様がつぶやきます。

「ほら、言ったでしょう。味は保証すると」

胸を張って私が言うと、男達が一斉にそんなまさかと顔を顰めました。

「シグルド、お前。誰の前でも忠臣でいろと言った覚えはないぞ。正直に言え」

「いえ、本当に美味しいですよ。俺、正直甘い物はあまり食べないので善し悪しはわかりませんが、このパイはいい物です。断言してもいい」

シグルド様、明日からヴァンディミオン家の騎士になりませんか？　そこの腹黒王子に仕えるより高待遇をお約束しますわよ。

「なんだ、ホントに悪いのは見た目だけなのか。じゃあ僕も食べる。実はさっきからお腹空いてたんだ」

ナナカがヒョイ、とパイを手に取り口に運びます。

「うん。焦げてるから表面は苦いけど、中はサクサクで甘くて美味しい。いけるぞ」

ひとつ、またひとつとナナカがパイを頬張っていきます。それを見たジュリアス様が顔を顰めて「バカな……これは夢か……」と小さくつぶやきました。ようやく理解したようですわね。私のほうが正しかったのだと。ざまぁと言って差し上げますわ。

「残り物を食べようかと思っていたのだが、この調子だと待っていたら全部なくなってしまいそうだな。どれ、私もひとついただくとしようか」

ついにはレオお兄様もパイに手を伸ばし、食べ始めました。隠しきれない愉悦に口元が緩みそうになるのをこらえつつ、私はジュリアス様にドヤ顔でお皿を差し出します。

「あとは貴方だけですわよ、ジュリアス様。さあ、どうぞ」

「……ふう。わかった、わかった。まさかこんな展開になるとはな。今回は潔く負けを認めよう」

ジュリアス様が肩をすくめてお手上げのポーズを取ります。一体なにと戦っていたのでしょう、このお方は。

「これが美味(おい)しいのか……世界は広いな」

パクリと、ジュリアス様がパイを口に入れます。そして噛み締めるように咀嚼(そしゃく)したあと、うなずいて口を開きました。

「……確かにうまい。一体どのようなからくりだ、これは」

「なにがからくりですか。この期(ご)に及んで見苦しいですわね。いい加減素直に私のお菓子作りの腕を認めてはどうですか?」

「そうしたいのは山々だが、これほど見た目と中身が乖離(かいり)した物を素直に認めるのは私の理性が許さんのだ」

どれだけひねくれ者なのですかこのお方は。

「少しは清く正しくまっすぐなシグルド様を見習ってはどうですか? ねえ、シグルド様――」

「そうっすよぉ、ジュリアス様。可愛い女の子にはもっと優しく、子猫を愛(め)でるようにスウィ～トに接しなきゃ。俺みたいにさぁ?」

……? 私の聞き間違いかしら。今なにか、シグルド様がおかしな口調でおかしなこ

とを口走ったように感じましたが。いえ、まさかね。まさかあのマジメなシグルド様が
そんな、チャラ男のようなことを言うはずが――
「そんなことよりスカーレットちゃん。二人でここ抜け出してさ、王都のシャレオツな
喫茶店でお茶しなぁい？」
気のせいじゃありませんでした。見たこともないヘラヘラした軽薄な笑みを浮かべた
シグルド様が、私に顔を近づけてぱっちんぱっちんとウィンクしてきます。
「どうされたのですか、シグルド様。突然頭がおかしくなられたのですか？」
「どうもしないぜ子猫ちゃん。俺は元からスカーレットちゃんにゾッコンラブだからさ
あ？　もしかして気づいてなかった？　シグちゃんショックゥ！」
ダメそうですねこれは。もしかして酔っ払ったのかしら。確かにパイに隠し味として
少しワインを入れたのだけれど、あんな少量で？　でも普段まったく飲まれない方のよ
うですし、極度にお酒に弱い人なのかもしれないわね。これは失念だったわ。
「ナナカ、悪いけど酔い冷ましを持ってきてくれる？」
「やだやだぁ！　大好きなスカーレットお姉ちゃんと離れるなんて絶対やだモン！」
……？　また私の聞き間違いかしら。今なにか、ナナカが妙に幼い声で普段絶対に言
わないようなことを口走ったように感じましたが。いえ、まさかね。まさかこのツンツ

ンした子が、そんな甘えん坊みたいなことを言うはずが――

「くぅーん……スカーレットお姉ちゃん、頭なでなでして……？」

隣に座っていたナナカが私の足元でおすわりしてスリスリ体を擦りつけてきます。可愛い……ではなくて、どうしたのでしょう。ついにワンコとしての本能に目覚めたのでしょうか。

「よしよし。ナナカ、お手」

「わん！」

満面の笑顔でぽふっとお手をしてくるナナカ。シグルド様と違ってこれはこれでありかもしれません。しかしあれですね。二人も立て続けにおかしくなっているということは、まさかレオお兄様も――

「おい、スカーレット」

「はい、なんでしょうレオお兄様――っ」

隣にいたはずのレオお兄様の声がなぜか背後から聞こえてきたので、振り返ろうとした瞬間。突然強い力で抱き締められました。そしてお兄様は私の耳元で、唸るような低い声で囁かれます。

「……俺が近くにいるのに、他の男に色目使ってんじゃねえよ。お前は俺の所有物なんだからな。首輪つけちまうぞ？」

なんということでしょう。あのお優しく紳士なレオお兄様が、こんなオラオラ系の殿方になってしまうなんて。これはダメです。いけません。こんなお兄様が舞踏会にでも行ってオラつこうものなら、普段とのギャップにM気質なご令嬢達がときめいてしまいます。それは妹である私が断じて許しません。

「どうしたのですか、レオお兄様。らしくありませんわよ。いつものお優しいレオお兄様に戻って下さいませ」

「うるせえ口だな。二度と生意気なことが言えないように、その口塞いでやろうか？」

そう言って、レオお兄様が私の顎をくいっと持ち上げてきます。困りましたね。唯一この場を収められる常識人ポジションのお兄様がこの有様。一体どうやって収拾をつけましょうか。と、そんなことを思ってため息をついていると、対面に座っていたジュリアス様が突然立ち上がって叫びました。

「やめたまえ、レオナルド君っ！　彼女が嫌がっているだろうっ！」

いつもの人を小馬鹿にしたような悪い表情はどこへやら。正義感に満ち溢れたキラキラしたその表情と声に、私は思わず噴き出しそうになりました。やめたまえ、レオナルド君って。どこのクラス委員長ですか貴方は。ああ、ダメ。笑ってはダメよ、私。

「君達もふざけるのはやめたまえっ！　スカーレットさんが困っているだろうっ！　親しき仲にも礼儀ありという言葉を知らないのかい⁉」

「ぶふっ！」

ダメでした。こんなの反則です。誰ですか、ここに綺麗なジュリアス様を召喚したのは。私を笑い殺す気ですか。

「スカーレット様、失礼いたします」

そんなカオスな状況の中、居間に救世主、もとい執事長のセルバンテスが入ってきました。セルバンテスは部屋の惨状を見るなり目を閉じてしみじみ言いました。

「どうやら手遅れだったようですね」

「セルバンテス、なにか知っているのですか？」

セルバンテスが懐からおもむろに燃えるように赤いリンゴを取り出します。

「スカーレット様。パイを作る時にこれを使いましたね？」

「ええ。色が赤々としてとても鮮やかでしたし、瑞々しく美味しそうに見えたので。なにか問題でもありましたか？」

「はい。これは〝焼けた鉄靴〟と呼ばれる毒リンゴです。果汁に麻酔効果があるため、主に医療用に使いますが、実を胃に入れると致死性のない微弱な毒が身体に回り、一時的に人格に支障をきたす恐れがあります。おそらく仕入れする業者が普通のリンゴと間違えてひとつだけ混ぜてしまったのでしょう」

まあなんて恐ろしい。毒リンゴが原因だったなんて。でもよかったわ。こうなったのは私の料理の腕が原因だったのではなかったということですわね。これでジュリアス様にほれ見たことかとドヤ顔されずにすみますわ。

「ちなみに治す方法はありますの？」

「時間経過で治ります。ですがそれ以外に治す方法は聞いたことがありません」

なるほど。ではこのまま放置して、みなさんが正気に戻るのを待ちましょうか。

「スカーレットちゃ〜ん。早くデート行こうよぉ」

「えへへー、スカーレットお姉ちゃん！　お庭で一緒にあそぼー？」

「お前ら俺の女に触るんじゃねえ。オラ行くぞスカーレット。俺色に染めてやる」

「君達っ！　悪ふざけはよさないかっ！　大丈夫だよ、スカーレットさんっ！　君は必ず私が守ってみせるからねっ！」

と思いましたがやっぱり待てません。こんな方々を放置していたら、私のストレスがみるみる加速して、ついブン殴ってしまいそうですから。

「要は時間が経てばいいのですよね。だったら方法は簡単です」

両手を突き出し、意識を魔法に集中します。普段なら抵抗されるでしょうが、毒が回っているこの状態ならあっさりとかかってくれるでしょう。多分。

「――〝微睡(まどろ)みよ、彼(か)の者達を安らかな眠りに誘(いざな)いたまえ〟」

それから数時間後。すっかり陽も暮れた頃。優雅に紅茶を飲んでいると、テーブルに突っ伏して眠っていたみなさんが次々に起き出しました。

「うっ……ここは……ば、バカな⁉　職務中に寝るなんて、俺は騎士失格だ……！」

「僕も寝ていたのか。なんだろう、なにかとても恥ずかしい夢を見ていたような……」

「ナナカもか。俺……いや、私もなにかとんでもない悪夢を見ていた気がするぞ……」

どうやらみなさま、眠りに落ちる前の記憶が曖昧(あいまい)になっているようです。これも毒の副作用かしら。まあ、私にとっては好都合ですが。

「おはようございます、眠り姫のみなさま。お目覚めの気分はどうですか？」

私の問いにジュリアス様以外の全員がゲッソリした顔で答えました。

「毒のリンゴでも食べた後みたいに最悪の気分だ」

事実、その通りなのですけどね。みなさま、勘が鋭いことで。うふふ。

「やれやれ。こんな時間までのんきに昼寝をしているとは、だらしがない奴らだ。もう夕飯時だぞ、まったく」

はあ？　なにをしたり顔で言ってるのかしら、この腹黒王子は。いまだって一番遅く起きたくせに。ああ、そうだわ。私、とってもいいことを思いついてしまいました。

「ジュリアス様。お腹が空いているのならここにひとつだけ余っているアップルパイがあるのですが」

RC
Regina COMICS
最後にひとつだけお願いしてもよろしいでしょうか
1～2
原作 鳳ナナ
漫画 ほおのきソラ
待望のコミカライズ！
舞踏会の最中に、第二王子カイルから、いきなり婚約破棄を告げられたスカーレット。さらには、あらぬ罪を着せられて"悪役令嬢"呼ばわりされ、大勢の貴族達から糾弾される羽目に。今までずっと我慢してきたけれど、おバカなカイルに付き合うのは、もう限界！　アタマに来たスカーレットは、あるお願いを口にする。――『最後に、貴方達をブッ飛ばしてもよろしいですか？』
華麗に苛烈に
鉄拳制裁いたします。

訳あり
悪役令嬢は
婚約破棄後の人生を
自由に生きる
4
ハッピーエンドは
悪役の私が
頂戴します!
最後の大反撃
ざまぁ、
開始!
アルファポリス

{原作}月椿
tsuki tsubaki
{漫画}甲羅まる
koura maru

異色の悪役令嬢ファンタジー
待望のコミカライズ！

神様に妹の命を救ってもらう代わりに、悪役令嬢として異世界に転生したレフィーナ。嫌われ役を見事に演じ、ヒロインと王太子を結び付けた後は、貴族をやめてお城の侍女として働くことに。どんなことも一度見ただけでマスターできる転生チートで、お気楽自由なセカンドライフを満喫していたら、やがて周囲の評価もどんどん変わってきて――？

アルファポリス 漫画　検索

B6判／定価：本体680円＋税
ISBN:978-4-434-28413-7

本書は、2018年8月当社より単行本として刊行されたものに書き下ろしを加えて文庫化したものです。


この作品に対する皆様のご意見・ご感想をお待ちしております。

おハガキ・お手紙は以下の宛先にお送りください。

【宛先】

〒150-6008 東京都渋谷区恵比寿4-20-3 恵比寿ｶﾞｰﾃﾞﾝﾌﾟﾚｲｽﾀﾜｰ 8F
(株) アルファポリス　書籍感想係

メールフォームでのご意見・ご感想は右のQRコードから、
あるいは以下のワードで検索をかけてください。

アルファポリス　書籍の感想

ご感想はこちらから

RB

レジーナ文庫

最後にひとつだけお願いしてもよろしいでしょうか 1

鳳 ナナ

2020年3月20日初版発行
2021年3月20日2刷発行

文庫編集－斧木悠子・宮田可南子
編集長－太田鉄平
発行者－梶本雄介
発行所－株式会社アルファポリス
〒150-6008 東京都渋谷区恵比寿4-20-3 恵比寿ｶﾞｰﾃﾞﾝﾌﾟﾚｲｽﾀﾜｰ8階
TEL 03-6277-1601（営業）　03-6277-1602（編集）
URL https://www.alphapolis.co.jp/
発売元－株式会社星雲社（共同出版社・流通責任出版社）
〒112-0005 東京都文京区水道1-3-30
TEL 03-3868-3275
装丁・本文イラスト－沙月
装丁デザイン－AFTERGLOW
（レーベルフォーマットデザイン－ansyyqdesign）
印刷－株式会社暁印刷

価格はカバーに表示されてあります。

落丁乱丁の場合はアルファポリスまでご連絡ください。

送料は小社負担でお取り替えします。


ISBN978-4-434-27012-3 C0193